藏地八千里

徐杉 著

四川大学出版社
SICHUAN UNIVERSITY PRESS

图书在版编目（CIP）数据

藏地八千里 / 徐杉著. — 2版. — 成都：四川大
学出版社，2023.6
（徐杉文集）
ISBN 978-7-5690-4122-4

Ⅰ. ①藏… Ⅱ. ①徐… Ⅲ. ①随笔－作品集－中国－
当代 Ⅳ. ① I267.1

中国版本图书馆 CIP 数据核字（2021）第 000712 号

书　　名：藏地八千里
　　　　　Zangdi Baqian Li
著　　者：徐杉
丛 书 名：徐杉文集

丛书策划：张宏辉　欧风俤
选题策划：黄蕴婷
责任编辑：黄蕴婷
责任校对：罗永平
装帧设计：墨创文化
责任印制：王　炜

出版发行：四川大学出版社有限责任公司
　　　　　地址：成都市一环路南一段 24 号（610065）
　　　　　电话：(028) 85408311（发行部）、85400276（总编室）
　　　　　电子邮箱：scupress@vip.163.com
　　　　　网址：https://press.scu.edu.cn
印前制作：四川胜翔数码印务设计有限公司
印刷装订：四川盛图彩色印刷有限公司

成品尺寸：170mm×240mm
印　　张：13.5
插　　页：14
字　　数：186 千字

版　　次：2011 年 12 月 第 1 版
　　　　　2023 年 6 月 第 2 版
印　　次：2023 年 6 月 第 1 次印刷
定　　价：68.00 元

扫码获取数字资源

四川大学出版社
微信公众号

毛垭草原的孩子

落日余晖下的毛垭草原

怒江峡谷

风光如画的九龙乡间

收获青稞的季节

如画的乡村

进入甘孜，寺院星罗棋布，经幡飘飘，俨然跨进佛国

邦达草原上的牧民帐篷

上然乌湖

尼洋河

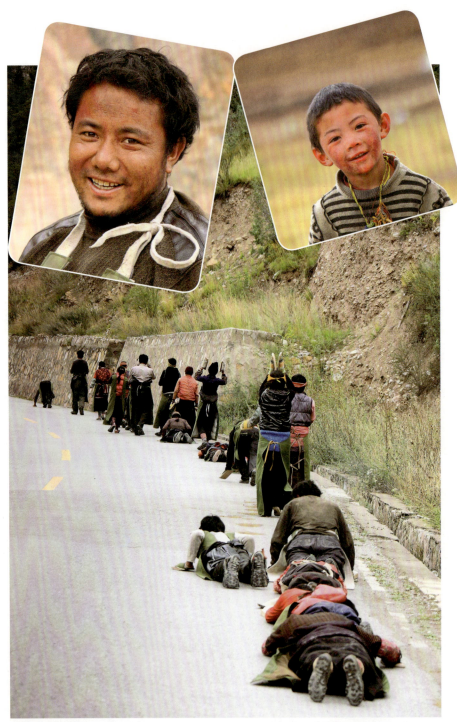

从江达去拉萨的一行朝圣者

道孚妇女的装束

高原上的孩子

昆仑山的黄昏

通往珠峰核心保护区的盘山公路

珠穆玛拉峰

宗山堡下的白居寺

建成于1729年，历经
几代土司修筑，藏有
三十二万块经版的德
格印经院

道孚民居

措普湖

八美风光

自 序

我与藏地有着特殊的缘分。

我父亲是一名军人，隶属于传奇般的中国人民解放军第十八军。1951年，他同十八军的战友们一道，从四川出发，一步一步走进西藏，一边战斗，一边筑路，整整走了一年多，终于到达拉萨。无数与他一道出生入死的战友倒在途中，永远安息在雪域高原的蓝天白云之下。父亲在西藏度过了二十年光阴，足迹遍布西藏各地：昌都、林芝、山南、日喀则、那曲、亚东、申格中、邦迪拉、德壤中，还有昆仑山、羌塘、可可西里……

西藏实行民主改革之后，急需教师和医生。我母亲遂于1961年作为援藏教师，毅然奔赴拉萨。进藏途中，她在唐古拉山下休克，若不是遇到在沱沱河考察的北京科考队，连夜将她送到格尔木抢救，险些失去生命。父亲不知她的下落，手持一张照片，一个兵站接一个兵站地打听，一直找到唐古拉山，又追到格尔木。今天看来，这是多么动人的故事！

我童年时，曾在拉萨和林芝度过了一年时光。后来，由于难以适应高原气候，被母亲送回了成都。我至今记得，当时医生在诊断书上写的是："高原型心脏病，速乘飞机内送。"这一年虽然短暂，但其中的许多生活细节，至今记忆犹新，恍若昨天。

我的父辈把最灿烂的青春年华献给了西藏，又把对西藏恋恋不舍的情结留给了我们这些后代。因此，我对西藏始终有一份关注，一份牵挂，以至于不能自已，一次又一次踏上那片拥有世界上最奇异的光与影，拥有世界上最多的未解之谜的神奇之地。

我先后十多次进入藏地，行程累计三万公里以上。每一次游历藏地，惊心动魄的经历都让我不断告诫自己：以后不能再如此冒险！但每一次回到家后，所有的劳累和艰险，很快就都变成无比美好的回忆，让我思绪纷飞。偶遇的一个人，一个村庄，一座庙宇，风雪荒原上的一个小店，甚至一些说不出时间与地点的记忆亮点，都会随时在眼前闪烁，把我带回那片让我魂牵梦绕，难以忘怀的土地。

这本小书，聚集了我最近两次藏地游历中的一些片段、一些感悟。一次是2010年深秋，我和先生自驾进藏，同行的还有一帮来自天南海北的越野爱好者。我们沿川藏南线进，过林芝，到拉萨，直抵珠峰脚下；再由青藏线出，翻过唐古拉山，穿越可可西里，到西宁解散。我与先生又从甘肃南下，穿越若尔盖草原，返回四川。此行昼夜兼程十八天，行驶里程八千多公里。另一次是2011年秋，这次游历的主要方向是藏东地区。我们一行人由川藏南线进藏，然后北上昌都、类乌齐，再从川藏北线返回，途经德格、甘孜、炉霍、道孚，绕了一个大圈。

在我游历藏地期间，父亲将我行走的路线绘成地图，详细标注途中每一座重要山脉的高度、每一条主要河流的走向、每一个著名湖泊的位置，就像他当年绘制军事地图一样认真。他每天都在地图上观察，然后在电话里告诉我一些地图上未标注的小地名、过去的老地名，以及哪里是他们当年曾经战斗过的地方。这让我深深地感受到，父辈们从艰苦而火热的战斗岁月里获得的生命体验，比起我们在舒适环境中形成的那一点对人生的感知，要深刻不知多少倍。今天，我们带上充足的食物，开着越野车，穿着冲锋衣，走马观花似的穿过高原，便沾沾自喜，以为征服了它；而我们的父辈缺衣少食，徒步负重，在悬崖峭壁上艰难跋涉，用双手凿出一条神奇的公路，却总是默默不语，并不求世人知晓。当我站在海拔五千多米、大雪漫天的雀儿山口，俯瞰蜿蜒曲折、无比险峻的川藏公路时，不由为父辈们的生命能量而深深惊叹。

藏地何止八千里！

目 录

新都桥今昔

　　穿过五公里长的二郎山隧道，就进入甘孜藏族自治州辖下的泸定县。这里是进入藏地的第一个地理分界线，景色与潮湿多雾的四川盆地迥然不同：碧空如洗，阳光灿烂，山峦起伏，水流奔腾，干燥而又清凉的空气中弥漫着野花牧草的清香。再往前四十多公里，就到达州府所在地康定城。

折多山垭口，海拔4298米，是进藏第一关。"折多"在藏语中是"弯曲"的意思

康定，藏语叫"达者都"，意为"三山相峙、两水交汇的地方"。古属牦牛国疆域。传说三国时诸葛亮在此铸箭，因此称"打箭炉"或"炉城"。其实，"打箭炉"即"达者都"译音，关于诸葛亮铸箭之传说，是后人附会。"打箭炉"是一个典型的俗词源。唐宋属吐蕃。清雍正七年置打箭炉厅，光绪三十四年（公元1908年）改设康定府。1939年建西康省，简称康，为中华民国延续清朝制度所设置的二十二省之一，1950年更名西康省藏族自治区，辖区主要为现在的四川甘孜藏族自治州、阿坝藏族羌族自治州、凉山彝族自治州、攀枝花市、雅安市及西藏东部的昌都、林芝等地，首府即在康定。五年后，西康自治区建制取消，康定划归四川省。

这是一座因茶马互市而繁荣起来的城市。在清末，这里已有几十家以茶为主要贸易品的锅庄。这是一座因《康定情歌》而声名远扬的城市。在这浪漫之地，随处可见彪悍粗犷的康巴汉子，一个个身着宽大的藏袍，足蹬牛皮长筒靴，腰挎藏刀，头上盘着夹有红丝线的粗大辫子，不时策马从你身边经过，像极了古代的骑士。

康定城汉藏民族杂居，汉藏文化于此交融，不可分割。不少藏民喜欢穿现代服装，麻辣川菜是当地十分受欢迎的食物，而当地汉民也喜欢喝酥油茶，佩戴鲜艳的藏族饰品。

离开康定城，汽车一路盘山而上，翻越海拔4298米的折多山口。这是又一条重要的地理分界线，翻过这里，才算真正跨入了青藏高原东部台阶。当地人习惯称折多山为"炉关"，称山之东、山之西为"关内""关外"。关内汉藏民族杂居，商贸集中，文化多元，地理景观多为高山峡谷；关外则以藏族为主，以畜牧为业，高原草场绵延不绝，牛羊成群。

藏族几乎全民信仰藏传佛教。折多山上下四周、山顶河谷到处飘扬着五色经幡，或者印以文字，或者绘以图案。经幡五色，依次是蓝、白、红、绿、黄，蓝色象征蓝天，白色象征白云，红色象征火焰，绿色象征绿水，黄色象征大地。五种颜色代表生命赖以存在的基础。世代生活在高原上的人们对大自然的变化尤其敏感，故企盼大自然风调雨顺，人间太平幸福。佛教慰藉了他们的灵魂，经幡寄托了他们的希望。

翻越折多山不久，就到达海拔3300多米的新都桥镇。新都桥位于河谷地带，水草丰茂，土地肥沃，四季景色各异，被称为"摄影家的天堂"，每年都有许多摄影爱好者远道而来。此时正值深秋，草色绿中带黄，从山顶到河谷渐次铺展开来。山坡上游动着星星点点的牦牛和山羊，起伏的山峦在天边画出一道道优美的弧线。到黄昏，斜阳如水，把山川河谷染成一片金黄。溪流潺潺，泛着耀眼的光芒。山间和路旁，金黄的杨树在风中沙沙作响，时有黄叶飘落，在地面撒上一层金。成片的青稞也黄了，农夫们收割正忙，田间不时响起阵阵悠扬的歌声……

忽然，我被镇外一幢新建的藏家小旅店吸引——只见房前屋后开满了紫红、粉白的格桑花，以及硕大的粉红、深红的大丽菊，在阳光下娇艳欲滴，令人惊叹。走近才发现左邻右舍的院子里都种满了花，不但如此，窗台、屋顶也是鲜花盛开。这些花，并不像在内地的苗圃中那般，要经过一番精心的育苗、整枝、造型。它们天然自在，与野地里的茅草、山间的野花一样，当天寒地冻、风霜雨雪袭来时，便枯黄萎缩，生命似乎消失，可是一当春风拂过大地，它们就立刻复苏，充满野性地蓬勃生长。

男主人出来，热情地招呼我们住下。这人颇为健谈，而他的名字更是让人过耳不忘：革命。他的妻子叫尼玛措。在藏语里，"尼玛"

新都桥民居

的意思是"太阳","措"是"湖"。"太阳湖"比丈夫小十六岁。说起妻子,革命很是得意,大刺刺地对我们说:"哦呀,没得办法,老牛就是喜欢吃嫩草!"小旅店多是妻子在打理。他们有两个儿子,都长得浓眉大眼,十分可爱,不停地吃零食,看样子自家小卖部的东西一半要被他们消耗掉。

黄昏时分,我坐在鲜花环绕的小院里,静静地看着晚霞映红远处山顶。山色由红转黄,再一点点淡下去,慢慢地蒙上一层蓝灰色;灰色渐渐转深,又一缕缕染上黑色,越来越深,直到浓重的夜色覆盖整个大地,星月升上天空。

我曾多次路过新都桥,每次过路,都会不由自主地想起一位令人尊敬的长者,他便是峨眉山佛教协会副会长通孝法师。

通孝法师是一个颇具传奇色彩的人物。他1921年2月出生于四川射洪一个诗礼传家的殷实大户,十四岁那年偷偷到峨眉山大坪净土禅院出家。其间，家人几次上山苦苦相劝，但始终没有说服他返回家乡。1936年，他到新都宝光寺受戒，随即入宝光寺佛学院学习，毕业后到重庆缙云山汉藏教理院深造。汉藏教理院是1932年秋由中国佛学会主席太虚法师倡议，四川军阀刘湘等赞助兴办的四川第一所高等佛学教育学府，课程以藏文、佛学为主，兼授历史、地理、法律、农业、伦理、卫生等学科。三年后，通孝法师考取公费入藏学僧，在拉萨哲蚌寺依止多吉活佛深研藏传佛教经典，经十余年苦学精修，获得藏传佛教格鲁派最高学位——格西学位，其师亲赐藏名"多吉尚祖"。

通孝结束藏地的学习，即返回峨眉山。途经雅江县时，恰遇十八军进藏。于是，精通藏汉语言的通孝主动为十八军做群众动员工作，劝告西藏地方军队放下武器。当地政府与部队首长见通孝在群众中颇有威信，几番动员他还俗，为新中国作出更多的贡献。经过一番思索，通孝终于答应。几年后，他又调到康定。

然而，在"文化大革命"中，通孝法师不幸受到冲击，被错误地关进甘孜州监狱。这监狱，就位于新都桥。

提起这段经历通孝总是嘿嘿一笑，说出家人到哪里都一样。

2007年9月，通孝法师圆寂后不久的一天，我接到一个陌生人的电话，自称是法师的狱友，想跟我谈谈与法师在狱中的往事。我如约前往，只见一位须发尽白的清瘦老人等候在那里。

"我是共产党员，参加过抗美援朝，还立功受奖。"老人一开口就表明了自己革命者的身份，以表示自己与监狱里真正的无赖之徒有本质区别。"我是个性格刚烈的人，凡事不肯低头……"他说，"后来通孝法师来送饭，他一边给我喂饭，一边循循善诱开导我，甚至给我清洗身上的污物……"倔强的老人说到这里，喉结有些颤抖。他不停地强调，是通孝法师改变了他的人生观，教他在逆境中学会了宽容与淡定。

老人向我讲述了通孝法师的一件更离奇的事。

那是通孝还在雅江为十八军做群众工作时的事情。有一天，通孝在牧场偶遇一个浑身泥土的放牛娃，遂停下脚步招呼孩子走近，并替他灌顶。孩子家人对忽然而至的荣幸又惊又喜，不知所措。通孝说，这孩子将来必为大官，你们好好照顾他，最好让他读书。事后通孝也没将此事放在心上——每天有许多事情要他处理——渐渐也就淡忘了。后来，当年这位放牛娃竟果然如法师所料，成为某省政府的一位高级干部。他一直在打听通孝法师的下落，只因不知道法师的汉名和详细情况，所以始终如大海捞针，没有结果。终于，皇天不负苦心人，在"文化大革命"结束后，他终于找到当年为他灌顶的通孝法师。法师跨出监狱大门，当年的放牛娃将法师接到家里，献上了最隆重的礼遇。

1980年，通孝法师平反出狱，返回峨眉山。在他空空的行囊里，有一只小巧的酥油茶筒，凝聚着他对藏地几十年生活的感情。回到峨眉山后，他还时常打酥油茶喝，慢慢品咂，细细回味。峨眉山出产的上等绿茶全国闻名，但他对酥油茶就是情有独钟。一些新来的小和尚觉得味道好，但又不敢向法师讨要，于是便估摸着法师打酥油茶的时间借故上门，以便蹭酥油茶喝。通孝法师心知肚明，但就是不点穿。

想到这里，我不由赞叹：多么慈悲豁达的法师！这样的心胸，也许正是眼前这天高地阔的高原赋予他的吧！

随后，通孝法师又在峨眉山闭关三年，并在闭关期间写下很多心得笔记。他的师兄通永老和尚一百一十岁在峨眉山圆寂；他的师弟通禅九十五岁去世，就是台湾著名学者南怀瑾。

起风了，我赶紧起身回屋，却陡然发现，屋里充斥着塑料花、瓷砖、铝合金门窗等装饰。现代装饰材料与藏式传统石砌外表杂糅在一起，给人以强烈的不协调感，坐在屋里，竟让人有些不知身处何处的感觉。

回想十年前，也是这个季节，我们走过新都桥。刚到这里，天色突变，豌豆大的冰雹噼里啪啦地砸下来。金黄的杨树叶漫天飘零，落在地上的，不时又被一阵旋风卷起，拉到空中，纷纷扬扬，如天女散花。草场上淋得湿漉漉的绵羊拥挤着回家，不惧风雨的牦牛却不肯挪步，在溪水里与主人周旋，牧民们不断地嘘着口哨，挥舞长鞭。那情景至今历历在目。那时新都桥没有沥青公路，也没有外表漂亮的民居，但一切似乎与自然更为接近。

相比之下，我更怀念过去的新都桥，那时，她真不愧为"摄影家的天堂"。

雅砻江边有缘人

翻过海拔4412米的高尔寺山垭口，中午时分，我们到达了依山而建的雅江县城。城外尘土飞扬，一些工人正在清理塌方留下的泥土和石块——县城外的那座山依然是动不动就翻脸跺脚，在夏季里塌方如同家常便饭。回想十年前我从理塘返回，也是在这里遇上塌方，不得不滞留一夜，第二天天不亮就出发。通过这里时，司机叫面包车里的六个乘客都下车，徒步快速通过。我头顶背包疾步前行，身边不断有沙石掉下，心里十分害怕。无意间看见一个工人一边喝酒，一边观望山顶，不时与旁边的人搭话，招呼行人快速通过，一副见惯不惊、处之泰然的模样，让我大受鼓舞。返回的途中，因为遭遇暗冰和小雨，我们的车撞到悬崖上，受损严重，所幸我毫发无损，但至今想起仍心有余悸。

不想时隔多年，雅江城依然以这副容颜与我再次相见。

雅江历史上是雅砻江的重要渡口之一，因地处雅砻江边而得名。延伸在雅江县群山中的小路，就是著名的川藏茶马古道之一。至今人们仍然喜欢用白色和黑色的石块在山巅、垭口或路旁堆成石堆，以表示对山神的敬奉。这是千百年来，往来于茶马道上的脚夫、行人为祈祷路途平安而形成的习俗，一直延续不绝。

弦子是藏族人民喜闻乐见的一种歌舞形式，节奏感很强。图为将去参加弦子比赛的姑娘、小伙正在抓紧练习

　　下午我独自到街上转悠。由于地势的局限，雅江县城街道狭窄，而且爬坡上坎，迂回曲折。大约是城外塌方的缘故，城里也显得有些脏乱，风一来就尘土四起。走着走着，忽然看见一家挂着"和平法会法事供养处"横幅的商店，一个中年尼姑正在店中忙碌。我联想到塔公草原上的和平法会，便上前打听。大约从2000年起，每年藏历十月初一至正月十五，塔公草原都要举行盛大法会，祈祷世界和平、国泰民安，称为"和平大法会"，附近许多藏民都会赶去参加诵经仪式。届时，僧俗民众每天都在狭长的山谷里听经诵经，然后到山上插经幡，再围着巨大的玛尼石堆转经。

　　很多年以前，我路过塔公草原，顺路去看正在当地学习藏传佛教的好友果平法师。她1993年就读于四川尼众佛学院，毕业后在四川大学深造，之后到了塔公。果平法师带我拜访了正在和平法会讲经的竹噶（音）活佛，再去了觉姆寺，又攀上半山崖上成佩（音）活佛曾经闭关的山洞——据说成佩活佛圆寂以前，请远在青海的竹噶活佛回来长谈了一夜，之后竹噶活佛答应留在塔公，主持和平法会，不久成佩活佛就圆寂而去。他们之间的故事，被当地百姓传得如神话一般。

和平法会盛况（一）

当时给我留下印象最深的，就是觉姆寺巨大的玛尼石堆，据说有上亿石块，每块石头都刻着经文，一层层往上堆砌，状如金字塔。我去时，玛尼石堆正在堆砌，一些觉姆（即尼姑）正往上搬运石块，有的驾着拖拉机运泥土。这些觉姆，年龄最大的四十岁左右，最小的只有十六岁。她们干着活，不时说笑，不时又嘹亮地唱起歌。其实，觉姆寺是一座名不见经传的小庙，严格地说甚至算不上庙，因为当时既无殿也无堂，山门、围墙、观堂、寮房一无所有，只有觉姆们自己在山里搭建的简陋小木屋。她们的生活的确十分清苦，那是世俗难以理解的修行生活。然而生活的舒适与精神的愉悦似乎并不成正比——我始终难忘她们脸上灿烂的笑容。事后我打听过，请人在一片石头上刻佛经，最少需要六元钱，那堆玛尼石的价值让我震惊！

说来凑巧，眼前这个"和平法会法事供养处"，一问竟正是竹噶活佛设在这里的法物流通处。中年尼姑叫丛翁巴姆，能讲一口流利的汉语，在觉姆寺出家十五年，三个月前被派到这里服务。交谈中，我忽然想起我资助读书的一个藏族女孩布姆曲曾说她的一个姨妈在觉姆寺出家，叫翁青，便问丛翁巴姆，她是否认识一个叫翁青的人。丛翁

巴姆答，觉姆寺有四个叫翁青的尼姑，不知我问的是哪一个。我告诉她是道孚县各卡乡人。丛翁巴姆一听大喜，原来她们是同乡，彼此很熟悉。她曾从翁青口中听说一个汉人在资助她的侄女读书，不想今日有缘在雅江相见！

和平法会盛况（二）

丛翁巴姆热情地邀请我到店里坐。店铺是一个楼梯间，摆了三个柜台，人只能侧身进出。丛翁巴姆晚上就睡在楼梯下，看那情形，起身时稍不注意就会碰头。再往里有个不足两平方米的厨房，放有一点米、豆瓣和白菜。她告诉我她每月有二百元的生活费，吃穿不愁，言语里透着满足。聊了一阵，她便收拾关门，要陪我到半山的平安寺去走走。原来她到雅江虽然三个月了，但每天忙于读经书和店里的事务，连小小的县城也没有走完，更无暇去半山的平安寺。

一路上，她一边向行人问路，一边向我讲起她的出家经历。她是家里唯一的女孩，上面有三个哥哥。她从小就想当尼姑，但家里不同意。为了阻断她出家的念头，母亲做主给她找了一个同村的小伙子结婚，可是几个月后她还是离家去了寺院。

"事隔多年，我回家探亲在村里遇见他，他还是满脸不高兴，扭头就走。"丛翁巴姆向我说起她的前夫，神情淡然，如同叙述一个与自己无关的久远故事。

平安寺里有几个老人在转动巨大的转经筒，一个汉子正用一块软布一一擦拭七只碗，擦得一丝不苟。他不会讲汉语，只是不断含笑点头。丛翁巴姆说七是一个吉祥的数字，人们每天将七碗清水供在佛像前，下午都要倒掉，擦净碗，又换上新鲜水。

从寺院里出来，我们俩站在山上俯瞰蜿蜒的雅砻江，环顾四周大山。丛翁巴姆露出惬意的微笑，说自己出家后感到很舒心。我脑子里闪出一个疑惑：她讲汉语为什么不带口音？藏地许多僧人不会讲汉语，或者汉语不流利。听到我提出这个问题后，丛翁巴姆腼腆一笑，告诉我她父亲是汉人，只是父亲早逝，对他是如何到藏地，又如何与母亲结合的，大人们都闭口不谈，所以她也无从得知。原来她是一个"汉藏混血儿"，用时下的话说，叫作"团结娃"。

临别时，她送我一个佛像，要我挂在车上，保佑一路平安。

世间有些因缘真是奇妙。七年前，我在道孚白塔下遇到藏族小姑娘布姆曲，并资助她读书，七年后竟在雅江遇见她的乡亲。布姆曲后来到乐山上学，如同我们家的一员，她的乡亲自然也如同我的乡亲。遇见丛翁巴姆，让我感到有时候路人与亲人之间，距离似乎并没有人们平时想象的那样遥远。

唵嘛呢叭咪吽

离开雅江县城，我们赶往理塘。山越来越高，空气也越来越稀薄。灌木丛渐渐消失，唯有浅浅的青黄色小草紧贴起伏的大地。公路两旁泥沙石块裸露，风一来，沙土便在空中扬起几米高，天地间一片黄尘。

到达海拔4718米的卡子拉山口时，只见五彩经幡在风中哗哗直响，往来车辆稀少，也没有游人驻足，唯有两顶帐篷引人注目地扎在

虔诚信佛的草原牧民

藏族人用经幡在山坡上绕成佛塔，表达虔诚的信仰

公路左侧，边上停了一辆面包车和一辆三轮货车。帐篷外，一个上了年纪的藏族男子正烧水，红色的火焰与白色的蒸汽在风中剧烈摇晃。一抬头，见山顶上十几个藏族男女正在忙碌劳作，人背肩扛，用石块修砌巨大的藏语六字大明咒，又称六字真言：唵嘛呢叭咪吽。灰白色的石块嵌在青黄色的山顶，十分醒目。

在藏地，随处可见六字大明咒"唵嘛呢叭咪吽"刻在石片上，或印在经幡上。藏传佛教认为常念六字大明咒，就能清除贪、嗔、痴、慢、疑、邪见六种烦恼，超脱六道轮回，往生净土。不过，如此巨大的六字大明咒题刻倒实在不多见。

我走过去，那个藏族男子用结结巴巴的汉语告诉我，这是他们五家人出资十六万修的。我感到很惊讶，这是一个不小的数目，一头成年牦牛大约能卖五六千元，这就意味着每家人要捐出大约五头牦牛。

我走进他们居住的帐篷。地上什么也没有铺，最里面从地到顶堆放了两摞被子，花花绿绿的有几十床。到晚上，他们垫上塑料布就睡。帐篷正中支撑架上挂着几大块已不新鲜的牛肉，帐篷角落有一些土豆和白菜，还有几个盛水的塑料桶。这段时间他们一直住在这里。

"夜里风更大，有时整个帐篷都在摇动。"他微笑着说，很自在的样子。

他几次问我要不要喝点热茶——他正在煮茶，这种以粗茶加入茶梗，压成长条或者砖形的茶称为藏茶，古时候叫边茶、乌茶。藏民们喜欢的酥油茶就是用它加入酥油和盐熬制而成的。不论如何天寒地冻，困顿疲乏，只要一杯滚烫的酥油茶下肚，人就会精神焕发，无所畏惧。所以藏民有一句谚语："宁可三日无肉，不可一日无茶。"茶与藏民的生活密不可分，至今一些地方仍然保留了带茶叶上门求亲的习俗。

在整个谈话过程中，他一直不停捻动手中那串长长的佛珠。在藏地，随处可见人们手拿各种材料做成的念珠，边走边捻动，口中念念有词。念珠一串为一百零八颗，因为佛教认为人生在世有一百零八种烦恼，念佛是为消除烦恼，获得解脱。

藏地高寒，自然环境恶劣，佛教给当地人以极大的心灵安慰，所以藏民愿意奉佛。他们认为把财物捐给佛门，才能有福报，将来可以进入极乐世界。

我写下了六字大明咒"唵嘛呢叭咪吽"的内容："唵"表示佛部心，代表法、报、化三身，是诸佛菩萨的智慧身、语、意；"嘛呢"表示宝部心，象征宝珠，向它祈祷能得到精神需求和各种物质财富仍满足；"叭咪"表示莲花部心，象征智慧，能去除烦恼，获得清净；"吽"表示金刚部心，象征勤勉修行，普度众生，成就一切，最后达到佛的境界。

用石块修砌在山顶的六字大明咒"唵嘛呢叭咪吽"

　　我们的车离开了卡子拉山。我忽然看见路边的高山草甸上开着几株不知名的蓝色野花，仅有小指大，可是生机勃勃，色泽如碧蓝的天。再看过去，这花星星点点，竟一直顺着起伏的山坡绵延到天边，中间还夹杂黄色、白色的各种野花。它们既不娇艳，也不炫目，朴实自然，却最能打动人心。

　　我不禁默念"唵嘛呢叭咪吽"，为自己和亲友，为生存在这里的人们，也为这片神奇的土地上生生不息的一切众生。

唵嘛呢叭咪吽

理塘·仓央嘉措

从理塘到巴塘，汽车行驶在广袤的毛垭大草原上。

藏语"理塘"意思为"平坦如铜镜的草坝"，理塘县就是因平坦的毛垭大草原而得名。全县平均海拔在四千米以上，县城所在地被称为"世界高城"，不少人到这里都会产生强烈的高原反应。

我第一次去理塘，是在十年以前。刚进入十月，理塘就已经是四川平原地区隆冬的天气。当时正下着雨夹雪，到宾馆后，我提着包往

铜镜般的毛垭草原

住宿登记处奔跑，想少挨雨淋，也可以暖和身子。哪知刚推开门，便顿时感到天旋地转。两个正要出门的藏族汉子一见，立刻前来扶我。他们刚喝了酒，浓浓的酒味让我一下翻肠倒肚，两眼一黑，坐在楼梯上不能动弹。迷糊中，听到那两个藏族汉子在呼喊，接着楼梯上响起咚咚的脚步声。我被人扶到房间，过了一会，才逐渐恢复了视力。服务员问我是否要氧气，或者吃一点红景天、葡萄糖之类抗高原反应的药物。我摇摇头，知道这是我一时冒失奔跑造成的结果，不会有大碍。在高原不能剧烈奔跑的教训从此牢记在心里。

眼前的理塘，与过去相比，最明显的变化是牛羊减少了，而且许多草场用铁丝网围了起来。一打听才知道，原来是国家出于保护环境的考虑，在草原实行限牧政策，减少草原载畜量，同时给牧民以经济补贴。四川的甘孜、阿坝等地按生态状况、气候优劣、草场资源等条件确定养殖量，规定每户牧民养殖牦牛不能超过六十头，并且修建牧民定居点，改无计划的游牧为轮牧，意在使草原得到休整，控制草原沙化，恢复脆弱的生态环境。即便如此，也许是因为海拔太高，毛垭草原的牧草还是并不丰茂，公路两旁和山坡上到处是裸露的土石层，风一吹就尘土飞扬。好在途中下起了小雨，这让我们有幸领略草原深秋的美景。

这次到理塘，发现很多人在唱一首名为《洁白的仙鹤》的歌曲。一问，原来是理塘县县歌。这是六世达赖仓央嘉措的一首诗，浪漫而又抒情：

洁白的仙鹤，请把双羽借我。

不到远处去飞，只到理塘就回。

1682年2月25日，五世达赖喇嘛罗桑嘉措在拉萨布达拉宫去世，他的亲信弟子桑结嘉措根据罗桑嘉措的心愿和当时西藏的局势，秘不发丧，时间长达十五年之久。1696年，康熙皇帝在平定准噶尔叛乱时，偶然得知五世达赖已离世多年的消息，十分愤怒，致书严厉责问桑结嘉措。桑结嘉措一面向康熙皇帝承认错误，一面找到多年前寻到并隐藏起来的转世灵童。这个转世灵童便是仓央嘉措，后来的六世达赖，也是西藏历史上有名的诗人。在他之后，七世达赖格桑嘉措就出生在理塘，这首《洁白的仙鹤》似乎就是一个预示。

长青春科尔寺又名理塘寺，1580年由第三世达赖索南加措创建，是藏传佛教格鲁派在康区最大的寺院之一，诞生过第七世、第十世达赖喇嘛，第七、八、九、十一世帕巴拉活佛，以及理塘寺第一、二、三世香根活佛

　　爬上一面坡，见一只秃鹫拍翅飞来，在山顶停下。定睛一看，山顶有好几只秃鹫，伸长脖子东张西望。我猜测附近大约有一个保留古老习俗的天葬场。藏民视秃鹫为神鸟，认为它能带人的灵魂上天。
　　天葬风俗与佛教有关。佛教认为人死以后，灵魂便离开肉体进入新的轮回，这时肉体就只是一个无用的躯壳。死后将肉体喂给秃鹫，算是人最后一次做善事，是将身体布施给其他生灵，因此天葬是最高境界的布施。再者，信奉佛教者本应不杀生吃肉，但藏地高寒，食物缺乏，人们不得不以牛羊肉为食，故希望死后以此回报自然。此外，天葬不占用土地，不用陪葬，也是对高原上有限的生存资源的珍惜与爱护。

车行之间，两个相依相连的碧蓝湖泊出现在眼前，波光粼粼，倒映着蓝天、白云和雪山，如镶嵌在草原上的两颗蓝宝石。一个标示牌上写着"措布(普)湖"。有人告诉我顺措普湖可以走进措普沟，里面的景色更美，湖泊、森林、河流、峡谷、瀑布、温泉等，一切都还是原生态，只是道路艰险，极少有人光顾。

一年后，我终于到达了措普沟，惊艳！

多面巴塘

在粗粝阳刚的川西，巴塘看上去温柔似水。千百年流淌的金沙江滋养它，使它拥有美妙的弦子、浪漫的歌舞、香甜的苹果、艳丽的花朵，更有草肥水美的牧场与数不清的牛羊——"巴塘"一词的汉语意思就是"一片咩咩之声的坝子"，也称"绵羊声坝"。然而，巴塘也有粗粝的一面，这里会忽然间爆发惊天动地的风暴。温柔与粗粝构成了巴塘的多面性，而正是这种多面性，使人对巴塘产生了一份探究与解读的愿望。

放下行囊，我立刻让当地朋友带我去鹦哥嘴，那是一百多年前震惊中外的"巴塘事件"的发生地，以往途经巴塘行程匆忙，没来得及去，这次一定要补上。

沿着狭窄的夏邛镇老街行走，还能看到一些用土石圆木建成的清末民居。幽深曲折的小巷，光线暗淡的银匠铺，步履蹒跚的老人，捻毛线的妇女，不时牵马而过的驮夫，让人依稀感受到当年茶马古道的繁荣气息。老街末尾就是盘山土石路，路的尽头有一个小水电站，一根铁栏杆横在路中，守卫告知汽车不能通过，我们只好徒步前行。拐过两个弯，一道幽深的峡谷出现在眼前，炽烈的阳光被阻挡在山后，光线暗淡下来。一条碎石路沿巴曲河支流蜿蜒延伸，阴森冷清，空无一人。一阵阵风卷起尘土，在山谷中旋转腾起，发出"呜——

鸣——"的声响。这是1951年十八军进藏时修筑的公路，一直连接到理塘，在新公路开通后逐渐废弃。公路对面的半山腰就是沿用到清末民初的茶马古道，那里有一块巨石横空而出，有如鹦鹉的大嘴，"鹦哥嘴"便由此得名。我们攀援而上，小心翼翼地在悬崖上寻路。荒草丛中，路基依稀还能辨识，但由于长年无人行走，四周布满荆棘，稍不小心就将手扎出血。走近，见巨石上镌刻着两排大字："凤都护殉节处""孔道大通"。据《巴塘县志》载："光绪三十一年（公元1905年），驻藏帮办大臣凤全滞留巴塘，拟办垦务，限制寺院权利，与地方势力矛盾激化。三月一日，凤全与随行五十余人被杀于鹦哥嘴。"寥寥几十个字，背后却包含了一场惊心动魄的风暴。

鹦哥嘴上摩崖石刻"凤都护殉节处""孔道大通"记录了1905年的巴塘事件

　　凤全是满族镶黄旗人，以举人入仕，先后署理过四川绵竹、蒲江等县，以后又在崇庆州、邛州、资州、泸州、嘉定府、成都府任职，颇有政绩。光绪三十年（公元1904年）四月被任命为驻藏帮办大臣。在仕途上一帆风顺的凤全比较自负，抵巴塘后，见土地肥沃、气候温和，遂下令扩大屯垦，同时在当地招募兵勇，并且限制寺院的僧人数目。当时在巴塘势力最大的是丁宁寺，有僧人一千五百多人，凤全却限定僧人名额仅三百，其余一千二百多人必须在规定的时间内还俗。如此一来，凤全与当地寺院、土司产生了很大的矛盾。不久，七村沟百姓在丁宁寺喇嘛的煽动下，焚烧垦场，驱杀垦夫，冲入法国天主教堂，赶杀教民，焚烧教堂，一时间巴塘陷入混乱。凤全最初想以武力镇压，后来见援兵久不到达，事态越来越严重，惊惧之中便采纳当地一土司的建议，决定返回打箭炉再作打算，哪知行至鹦哥嘴便遭埋伏，一行人全部被杀。而此前出逃的法国传教士也在途中被杀。凤全被谣传为"假钦差"，他及随行人员被杀的消息半个多月以后才传到康定。

　　清廷得知此事后大为震怒，随即派兵到巴塘。《巴塘县志》记载了此事："六月，四川提督马维骐、建昌道尹赵尔丰奉命剿办，杀大二营官及丁宁寺堪布，焚丁宁寺、剿七村沟。"

　　陪同我去的藏族朋友说，当年赵尔丰剿杀七村沟时，村民本已躲到山里，赵尔丰便以赠送茶叶为名骗村民下山。胆大的村民先来试探，见安然无恙，便通知其他人也来。赵尔丰让村民排队进入房间领取茶叶，由前门进、后门出。后门早有埋伏，出一个杀一个，七村沟的大人几乎无一幸免。如今巴塘乡间一些家长哄小孩时还会说："再哭，赵尔丰要来了！"孩子往往就会吓得止住啼哭。

　　赵尔丰是中国近代史上颇具争议的人物。他行事手段凶狠残忍，镇压四川保路运动，号称"赵屠夫"。但他在任川滇边务大臣时，率先在巴塘实行改土归流，奏请将巴塘、理塘土司辖地分设为理化、定乡、稻城、巴安、盐井、三坝等县，由朝廷委派流官治理。此外，他兴办学校，发展商贸，一定程度上促进了当地的发展。不过，巴塘一带的办学异常艰难，大多数家长不愿意送孩子入学，于是各地就摊派儿童上学，有的家长甚至出钱租人替自己子女上学，称为"学差"，有服徭役的意味。据记载，有一个衣食无着的流浪汉，出租自己当"学差"，以此糊口，直到四十多岁还在小学读书。类似的事一直延续到二十世纪四十年代。

鹦哥嘴上还有几块石碑，其中一块记载了清同治九年（公元1870年）巴塘发生的七级大地震。地震致河流阻塞，大道崩塌四百余里，县城失火烧了五天，死亡两千多人。在另一块石碑的上方，还镌刻着几个褪色的红漆大字——"鹦哥嘴上练红心"，这是现代刻的了。

红尘滚滚，前人已去，历史的痕迹留在鹦哥嘴上，任后人评说。

从鹦哥嘴返回，我又顺路去看建于清末的关帝庙。关帝庙当年是巴塘的标志性建筑之一，位于夏邛镇老街上。

巴塘地处川、滇、藏三省交界之处，西面隔金沙江与西藏芒康、盐井、贡觉和云南德钦相望。由于地理位置的关系，清朝末年就有汉、回等民族来此经商，因为生活习俗异于当地人，被当地人统称为"八十汉家商"。据称，在清朝乾隆年间，巴塘城区仅有二十多家外地经商户，为了相互照顾，彼此关照，组织了一个"财神会"，供奉关羽牌位，以示崇尚有福共享、有难同当的桃园义气。至光绪初年，迁至巴塘的人越来越多，尤其是川、陕、滇三地商人。于是财神会牵头在东门城墙内建起川陕滇三省会馆，占地一万多平方米，内有关帝庙、戏台、钟鼓楼等建筑。会馆建成后，因为经常筹办庆典、协调纠纷、帮扶贫困，影响渐隆。后来"财神会"改名为"协进会"，吸纳不同民族参加，成为没有民族界限的地方性社团，参与巴塘地方政治、经济、文化各方面的社会活动。

如今三省会馆遗址只余关帝庙，土墙前虽有一块"省级文物保护单位"的牌子，但是内中门窗空敞，地板坍塌，墙壁倾斜，屋顶无瓦，朽败的房梁和斗拱在风中瑟瑟颤抖，看得出这里已很久无人问津。

破烂不堪的关帝庙

晚上与当地朋友小聚，席间，几个能歌善舞的藏族姑娘与小伙子进来表演巴塘弦子。在领头人手中胡琴的带动下，大家一起跟着节奏边歌边舞，歌声嘹亮，舞姿舒展。据介绍，弦子源于古老的宗教祭祀舞蹈，在这块土地上流传了一千多年。现代人收集整理弦子舞及音乐，已经收集了两百多种，著名歌曲《毛主席的光辉》、歌舞《洗衣歌》，以及电影《柯山红日》、电视连续剧《格萨尔王》等的音乐素材均取自弦子。待弦子队表演结束，东道主便开始轮番以歌敬酒，个个嗓音嘹亮，人人皆是歌王，让我惊叹而又陶醉。

餐桌上丰富的美食中，有一道菜格外引人注目，名曰"团结包子"：一个直径七八寸、面粉制作的开口包子盛在蒸笼里，中间夹有土豆、排骨等食材，再配以红油辣椒蘸水，味道非常特别。据朋友介绍，当年十八军到达巴塘时，老乡大多还不会做包子，于是依样画葫芦，以一个蒸笼做一个包子慰问部队将士，既节约时间，也足够一个班食用。后来不断改良，"团结包子"竟演变成巴塘独有的一道名菜。

巴塘名食——团结包子

吃这道菜时，我给父亲打了电话。电话那头，父亲开怀大笑，说当年吃这样东西是"打牙祭"。

巴塘流传着很多十八军的故事，也有不少关于清末赵尔丰屯垦兵卒后人的故事。我拜访过一位老人，他的父亲当年就是赵尔丰的部下，后来娶当地藏族女子为妻，落地生根。二十世纪五十年代第一次人口普查时，老人出差在外，老人的哥哥在"民族"一栏里替他填写了"汉族"，为此他一直埋怨哥哥，最后费了一番周折终于改为藏族。他说，自己年轻时脾气火爆，与汉族人吵架时称自己是藏族，与藏族人吵架又说自己是汉族，其实自己既是汉族，也是藏族，是个"团结娃"。说完，他哈哈大笑，笑声极富感染力。

在巴塘，纪念宗喀巴大师时吃掺有酥油、奶渣的面疙瘩，在释迦牟尼成道日熬腊八粥，这些民间习俗已经不分民族。在多民族聚居区，人们能享受一个特别的优待，就是可以过双份节日，享受双重快乐。

晚饭后走在街上，绿树成行，街道整洁，道路两旁、居民家门前窗口，艳丽的格桑花、大丽菊、天竺葵竞相开放，娇艳无比。广场上很多人围成一圈跳弦子，旋律优美，舞姿舒展，我看得心痒痒的，想跟随他们学习学习。旁边一个人看出我的心思，以不屑的口吻说："这些是阿婆们跳的。"意思是连业余水平也算不上。阿婆们尚且如此，姑娘小伙儿还用说吗？在弦子歌舞的故乡，我忽然发现自己笨手笨脚，好生惭愧。

第二天驱车出县城三十里，就到了有名的金沙江大峡谷。头上山势陡峭，脚下黄浪翻滚，巴曲河与金沙江汇流处，一清一浊，好似泾渭之分明。每年冬季枯水季节，就有人在大转弯处淘金——有黄沙也有金子的江水，金沙江这个名字也许就是这样来的。不远处，横跨金沙江上的朱巴笼大桥就是四川省与西藏自治区的分界线，桥对岸就是芒康县。我在桥上回望四川，峡谷里的核桃树枝繁叶茂，正是收获季节。过往人们都要买些核桃，也许并非只为饱口福，更多的是想分享收获的喜悦吧!

金沙江上的朱巴笼大桥——远处是新修的大桥，近处的老桥已基本废弃

风沙月夜走芒康

我们夜宿在芒康县日荣乡一个建在峡谷中的温泉小客栈，一排平房紧临湍急的溪流，哗啦啦的水声震耳欲聋，让我们不得不提高声音说话。店主来自四川，看得出他的店平时生意清淡：店里设施陈旧破损，温泉池周围零星扔着垃圾，没几个人敢以身试水，大多是洗洗脚就撤退。

我们这群被水声吵得通宵难眠的人，第二天早上六点半就在月光下出发，赶往左贡县。一路上大坑小凼，尘土飞扬，每小时只能行驶二十公里左右，好在有日月同辉的景象伴随，又心怀初踏西藏土地的兴奋，并不觉得烦闷。过了一阵，天色大亮，见十几辆车堵在前面，一问方知前方便桥被山溪水冲垮，正在抢修，只好等待。大家趁机钻进道路两边还未收割的青稞地里方便——因为一路上没有厕所，随地大小便也不觉得难堪。不一会，几个小孩围过来，大家纷纷把事先准备好的糖果、铅笔之类东西分给他们，孩子们欢天喜地。不久，有消息传来：底盘高的越野车可以涉水通过。我们赶紧闯关，唯恐滞留途中。

海拔3950米的芒康县城灰头土脸，店铺大多关门闭户。最初以为是无人经营，留神一看才知道店家其实在营业，关上门既是为保暖，也是为避风沙。我在街上逛了一圈，不见有公共厕所，正在着急，忽

然发现前方是长途汽车站，不由大喜。可是走进去左右张望也没有发现目标，便向一位正在扫地的工作人员询问。她看我一眼，回答十分干脆："这里没厕所。"

"公共汽车站里咋会没厕所？"我有些不解。

"没有水拿啥子冲厕所？"她眼睛里流露出一丝不满，似乎在嫌我不懂事，明知故问。

我再仔细看看，车站极其简陋，寥寥十几个旅客都站在院子里候车，红砖围墙边上长着齐腿深的杂草，有两个男人正在那里无所顾忌大行方便之事。那个工作人员见我没有离开的意思，停下来用手中的扫把指了指墙角说："你实在遭不住就到墙边去解。"

我只得落荒而逃，闯到对面一个居民院子里。一条大黑狗呼地蹿出来，吓得我大叫。好在女主人及时出来解围，并慷慨地让我使用她家的茅坑。事后才知道，这一带的居民都是自己打井取水，车站里没有井，所以没修厕所。

这便是我们在芒康风沙中短促的停留。金沙江翻云覆雨，把暖意留给巴塘，把暴虐扔给芒康。到了芒康，就进入了川藏线上最可怕、最险要的路段，有人称芒康到然乌这段路为"魔鬼路"。

不过，"芒康"一词翻译成汉语是"妙善之地"，倒真是一个柔和温婉的名字。

惊心动魄脚巴山

横断山脉中的脚巴山，至今想起来仍令我心有余悸！

脚巴山在芒康县境内，山上的碎石泥土公路狭窄崎岖，一边是峭壁，一边是万丈深渊。我们在行进途中不时堵车，走走停停，一打听才知前天山体滑坡，有一辆三菱越野车不幸摔下悬崖，过往车辆被堵在山路上近十个小时，经过抢修，昨夜两点才放行。我们不由暗暗庆幸自己的好运气。

脚巴山属横断山脉，地处金沙江、澜沧江、怒江流域，海拔4300米，是川藏线上著名的危险路段之一，也是最难爬、最费时的一座山。与西藏无数高耸入云的雪峰相比，它并不算高，但由于澜沧江千百年来的冲刷，河谷深深下切，使得江岸山崖壁立千仞，岩石危垂，经常发生泥石流和山体滑坡，尤其在七八月雷雨季节里，地质灾害更是频繁。

车行途中，弯道一个接一个，陡坡一个连一个，我们经常被前方的乱石挡住视线，以为走到断头路上，或者悬崖尽头。小心翼翼移车上前，才见一条崎岖小路从泥石中蜿蜒曲折地延伸出去，使人生出绝处逢生的感觉。我并不执掌方向盘，一路上却也是双手紧揑，瞪大双眼，全神贯注，生怕横空里飞下一块大石头，或者岌岌可危的路基塌陷下去，我们连人带车坠入万丈深渊。提心吊胆走到半山腰，见到那辆滚下山的三菱越野车，在一堆乱石泥土中露出可怜的车头，不由心中恻恻，也无从知道里面人员的伤亡情况。路上并无交警执勤，但大家秩序井然，没有人因抢道或者擦剐而争吵。

盘绕在脚巴山上的崎岖川藏线

在这段路上行驶令人担心吊胆

在一次堵车时，一个从昆明骑山地自行车去拉萨的中年男子从我们旁边经过。他的行囊十分简单，尽管戴了帽子，面颊上搭了毛巾，但面孔还是被晒得黢黑而干燥。他告诉我，他已经骑了十四天，还有一个同行驴友。他们每天大约行三十至五十公里，经常吃干粮或夜宿乡间驴友小店。我向他表示敬意，他露出与年龄不相称的羞怯微笑，然后匆匆上路。

下得脚巴山，澜沧江大峡谷立刻映入眼帘。两岸黄褐色的山崖如刀劈斧砍一般，汹涌的江水以穿山劈岸的气势呼啸而过，浊浪滔天，发出震耳的轰鸣声。

骑山地自行车去拉萨的驴友

澜沧江峡谷

　　下午两点，我们到达如美乡，在一个建在悬崖上的简易温泉山庄午餐。等候饭菜期间，一个在山庄里干活的小伙子凑过来聊天，极力鼓动我们到他家乡盐井一带去玩，说那里有古盐田、纳西族聚居村，还有一座天主教堂。不一会，他又拿出一本旧画册来。我无意间看见邦达家族的故居，不由兴致大增。邦达家族的根在芒康南部交呷古秀邦达村，离这里不远，可惜不顺路，不然，我倒很想去看看。小伙子能讲出不少邦达家的往事。当我问他是否与邦达家沾亲带故时，小伙子连连摇头，说邦达家是西藏贵族，而自己家是纳西族。

几年前，我在为写《藏茶秘事》一书搜集川藏茶马古道资料时，邦达家族便频频出现在我的视野里。这使我对这个家族产生了很大的兴趣。邦达家族是西藏最有名的商人，其传奇经历与一度热播的电视剧里频频出镜的晋商乔家、红顶商人胡雪岩等巨商颇有异曲同工之处。藏族没有取商号和挂店招的习俗，故称其家族为"邦达仓"，"仓"在藏语里就是"家"的意思。

邦达家的兴旺始于邦达·列江。1910年，西藏地方政府与清廷发生冲突，十三世达赖喇嘛逃亡印度，得到正在印度经商的邦达·列江的照顾和资助。两年后达赖喇嘛返回西藏，为了报答邦达·列江，授予邦达家独家经营全藏羊毛的特权，后来又封邦达·列江的大儿子邦达·阳佩为四品官（藏族不像汉族跟随父亲姓，一般人只有名字，只有贵族名字前才有封号，可以传给子孙，称为"房名"，来源于封地或者美好的事物），担任亚东大总管。在此之前，邦达家族算不上富裕，上两代人甚至还是附近寺院的役户，如今巨大的政治权力和垄断特权使邦达家族迅速发展，跻身于西藏豪门之列。然而福无双至，邦达·列江死于非命，他的死因一直是个未解之谜。其后，弟兄三人继承家业，老大邦达·阳佩坐镇拉萨，二弟邦达·热嘎远走印度噶伦堡，三弟邦达·多吉留守昌都，家族的商业网络一下铺展开来，贸易遍及拉萨、西宁、成都、北京、上海、香港等地，甚至远及印度，经营商品从茶叶、食盐、粮油、副食品、畜产品、中药材，到西药、日用品，无所不包。邦达家的上千头运输骡马，在茶马古道上行走了半个多世纪。抗日战争时期，邦达家从印度噶伦堡运回大量军需物质支援大后方，使邦达家的名声更大。

邦达家族的商贸活动一直持续到二十世纪五十年代末。邦达家的老大后来定居国外。老二经商之外醉心于文化，曾将孙中山的《三民主义》翻译成藏文。老三邦达·多吉在三兄弟中最有名气，曾担任察雅、芒康总管，刘文辉的川康军大队长，上校军衔。红军长征在甘孜期间，多吉曾任博巴革命政府的财政部部长。1949年，毛泽东主席邀请他到北京参加开国大典。1950年，多吉积极协助十八军进藏，后担任昌都人民解放委员会副主任等职。如今，邦达·多吉的血脉依然延续。在昌都一带，还有不少地方以邦达命名，如邦达草原、邦达机场、邦达镇等。人们会由此记住邦达家族。

后来我到达昌都，专门去了一趟以经营民族工艺品、药品为主业的商场——邦达商场。商场有些冷清，我买了一张麻织的八吉祥挂图，留作纪念。

离开如美乡温泉山庄，开始翻越东达山。道路依然崎岖艰险，汽车只能以每小时十公里的速度沿盘山路而上。一路颠簸，有人呕吐，也有人头疼欲裂。前面的车掀起满天尘土，扑面而来，能见度不足十米。开窗灰尘满面，闭窗难以呼吸。刚一开空调，沙尘马上喷射而出，呛得人直打喷嚏，而且车也立刻动力不足，迫使人不得不关闭空调，时而开窗，时而关窗，不一会两个鼻孔就成了黑洞。

东达山垭口海拔5008米。山顶铺着一层薄薄的白雪。一个藏族男子拖着一辆装有行囊和炊具的木板车，身后跟着他的妻子和两个年幼的孩子。他们要去拉萨朝圣，已经在路上走了很多天。这时太阳开始落山，火红的颜色刺得人有些睁不开眼睛，但不一会就黯淡下来。风一阵紧似一阵，天色越来越暗，看样子他们一家只能在山里露宿了。

东达山垭口，海拔5008米

　　我不由为那两个孩子担忧，可是他们却神色坦然，一副随遇而安的样子。此后，我们在路上不断见到三步一磕头去拉萨的朝圣者，他们风雨兼程，行装单薄，胸前戴着厚厚的围裙，双手套上约一寸厚的木板。漫长艰辛的旅途使他们看上去蓬头垢面，尘土满身，其虔诚之状令人动容。我出发前买了很多水果糖，遇到这些朝圣者就留下一点，尽管有的人只取一颗，可是还没到八一镇，糖就全部散尽。

　　晚上九点多，我们到达左贡县城。没想到二百七十公里路竟然行驶了近十三个小时。惊心动魄的脚巴山、东达山之行，让我深深体会到川藏线的艰险，也深深体会到当年父辈是以生命为代价，才换取了这条路的贯通！

夜闯鬼门·怒江峡谷

左贡县城海拔3750米，一条主街叫旺达街，两边多是普通的两层楼房，临街铺面以四川人经营的小餐馆为主。询问他们的经历，无不是克服了严重的高山反应，努力打拼，最终立足下来。勤劳本色，尽显无余。

吃晚饭时，我们意外地得到一个消息：左贡至八宿之间的一段山路正在维修，只有晚上十点至凌晨六点放行。为了赶过关卡，我们只得凌晨四点动身。倒也不埋怨：正好也想体验一下高原上披星戴月的感受。可是一路上漆黑一片，连一缕黯淡的月色和星光也不曾闪现，既不见来车，也不闻犬吠，汽车如同进入一个黑色的大漩涡，只是不停地向上盘旋。

驶上海拔4618米的业拉山口，一弯残月横空而出，可是崎岖险峻的山路，以及车轮掀起的滚滚尘土，已令这月色激不起我的半点诗情画意，脑子里如绷上一根紧紧的弦，片刻不敢放松。到达山顶，还没来得及喘口气，更艰险的路就继续蜿蜒伸展。脚下就是怒江大峡谷，曲折迂回，深不见底。狭窄的碎石泥土路上，"之"字形的急弯一个接一个，似乎没有尽头。路上没有任何标示牌，悬崖边也没有任何阻拦物。泥土飞扬，碎石翻滚，即使打开大灯也视线不清。我们小心翼翼下山，控制油门，不敢一直使用刹车——担心时间一长，刹车片因温度过高而失灵……到山下，天色渐亮。数了数，共经过了112个急弯——也有人说是108个。一股刺鼻的胶臭味弥漫车中，这是反复刹车所致。好在平安无事，大家都长长地出了一口气，犹如闯出鬼门关一般。

随时出现塌方、飞石的盘山公路

轻松下来，这才感到腹中空空，忙赶到八宿县城寻早餐。与芒康、左贡等地一样，在高海拔的八宿吃饭也比较花费时间，即便是面条、饺子之类的快餐，也需要用高压锅煮五至十分钟，然后用凉水冲刷锅体，使之冷却，才能开锅取食。一锅只能煮三四碗，所以我们只好耐心等待。八宿县城虽小，只有一条主要街道，但比前面经过的芒康、左贡整洁，长途汽车站里有收费厕所，门口还可以洗手。

　　翻过海拔4468米的安久拉山，怒江峡谷便如鬼怪般龇牙咧嘴地再次出现在崇山峻岭之间。乱石穿空，惊涛裂岸，狭窄的河道里发出雷鸣般的怒吼声，吓得飞鸟也不敢光顾。两岸崖石光怪陆离，犬牙交错，光秃秃的，泛着一层光。山崖四周寸草不生，除了石头还是石头，大石叠小石，悬在空中，似乎稍有响动就会立刻崩塌下来，让下面所有的生命化为泥土——我想"怒江"之名，大约就是因此而来的吧。

夜闯鬼门·怒江峡谷

怒江发源于青藏高原的唐古拉山南麓，因江水深黑，《禹贡》称之为"黑水河"。上游河段藏语叫"那曲"。现在西藏的那曲地区，过去称黑河，便是以这条河命名的。怒江既是我国西南的大河之一，也是一条国际河流，全长3240公里，中国境内就达2013公里。在上游，黑河还是一副温和的模样，潺潺流淌，蜿蜒而行，将星星点点的小海子点缀在高原草地上。而一进入中游横断山区，便水流湍急，汹涌澎湃，两岸支流常是飞流直下，又腾空而起，气势磅礴。进入云南后，怒江依旧奔腾咆哮，撞击出世界第二大峡谷——怒江大峡谷。当地的怒族把这条江称为"阿怒日美"。"阿怒"是怒族人的自称，"日美"汉译为"江"，合起来意思是"怒族人居住的江"。怒江流入缅甸之后，两岸则是一派根叶相连、藤蔓缠绕的原始森林景象，当地人称之为萨尔温江。最后，怒江注入印度洋安达曼海。气象万千的怒江，造就了丰富多元的文化，至今怒江沿岸的居民还保留着一些独特的习俗和生活方式。

转过一个弯，一座单拱水泥钢结构大桥横跨怒江，桥上没有任何装饰，冷峻地连接峡谷两岸，远远看上去很像电影《奇袭》中的康平桥，不过更为险要，因为它周围没有任何遮掩，其战略地位不言而喻。怒江大桥的修建，本身就是一个传奇的故事。如今，大桥防守严密，严禁拍照，往来车辆必须单车通行。守卫大桥的年轻武警荷枪实弹，一脸严肃，挥手指引一辆辆车缓缓通过。想想他们常年的辛劳和单调的生活，我不由对这些驻守高原的战士们生出一份敬意。

过怒江大桥不久，前面又是一大段被洪水冲毁的路基，好几处不得不修建临时便道，供车辆通过。从路边巨大的石块、狭长开裂的路面、深深下陷的路基之中，不难领略到怒江发怒时的凶狠狂暴。

再往前，地势稍缓，零星坐落着几点房舍。这里是干热河谷地带，中午气温高达29摄氏度，已经接近四川盆地的夏季气温。稀疏的庄稼恹恹虚虚，一副有气无力的样子。陈旧的泥土房舍里，居民似乎也染上了土色。怒江从脚下呼啸而过，他们却严重缺水。然而，就是在这片贫瘠的土地上，人们却艰难而又坚强、一代又一代地繁衍生息下来。正是这些平凡而坚强的人们，与驻守在这里的军人一道，为浑黄而缺乏生命气息的怒江峡谷涂上了鲜艳的色彩。

天堂候车站

　　刚走近然乌，一块醒目的告示牌就出现在眼前："外国人严禁进入察隅地区"。然乌是八宿县的一个乡，地处三岔路口，左右通达波密县与察隅县。察隅与缅甸、印度接壤，气候温和，被称为"西藏的江南"，又无险峰大河阻挡，于是一些唯恐天下不乱的"恶老外"经常在那里图谋不轨。

　　不过，然乌之所以出名，不在于地理位置，而在于然乌湖。然乌

由于地壳运动而形成的高山堰塞湖——然乌湖，被誉为"中国最美的高山湖泊"

湖是因喜马拉雅山在抬升运动过程中与横断山及其他山脉撞击，导致山体滑坡和泥石流而形成的高山堰塞湖。说到堰塞湖，人们往往想到它带来的巨大威胁和灾难，因而心怀恐惧，谈虎色变。然而，然乌湖却是宁静的、安详的、柔和的，遥远年代剧烈的地质运动早已随风消散，只给后人留下一泓碧水，满湖绮丽的风光。

然乌湖呈狭长条状，长约三十公里，由上然乌、中然乌、下然乌三个湖组成，湖与湖彼此相通。湖面并不宽，对岸清晰可见。四周群山环抱，雪峰峥嵘，湖水清澈见底，碧蓝透明。然乌湖静谧安详如世外仙境，被《中国国家地理》誉为"中国最美的高山湖泊"。

在湖心岛的蓝湖驿站安顿下来后，我们一行四人不顾下雨寒冷，立刻租了四个藏族小伙子的摩托车去周围转悠。哪知刚骑出去不远，一个同伴就与摩托手一同摔倒在地，差点没掉进冰冷刺骨的湖里。一问才知道，这个小伙子买回摩托车仅两天。他和他的伙伴从不理会办驾驶执照之类的事，声称都是买回来请人指点一下就上路，摔了爬起来又继续，就像练骑马一样，何况摩托车比马听话，又不发脾气。我们的同伴一听，吓得立刻要求自驾，费用照付。

不久，雨停下来，山边露出一缕阳光，天空又是一片碧蓝。我们赶紧绕到蓝湖驿站后面的牧场上，发现一座临时搭建的军用铁桥可通向一个小岛。岛上景色更美。远处，雪山冰川倒映在晶莹碧蓝的水中；近处，绿树满山，草场上牛羊星星点点。岛上的小村庄叫阿日村，住着十几户人家。青稞刚收割完毕，男人正忙着把牛羊过冬的草料堆积在高高的木架子上。女人除了捡牛粪，还要准备冬天取暖的柴薪。虽然村民大多不能讲汉语，但对陌生人通常会含笑致意，一个小伙子还用结结巴巴的汉语问我们："喝不，青稞酒？"

我们到了村民达娃卓玛家。她是家里四个孩子中的老大，今年

然乌湖小岛上的阿日村村民与作者

二十二岁，最小的弟弟不到五岁。她上过三年小学，能讲一点汉语，临时充当家人的翻译。父母和奶奶见有客人来，非常热情，立马打酥油茶，并端上一盘奶渣。因为不会讲汉语，只好不停招呼我们"吃，多吃"。家里的客堂兼经堂宽敞干净，廊柱和供案施以彩绘，供案上摆放两张一尺见方的活佛照片，前排供了酥油灯、糌粑和清水。

达娃卓玛五官清秀，身材高挑，从未去过家乡以外的地方，不过面对镜头一点也不忸怩，还摆出一个自己得意的姿势：将左手拇指和食指伸开成汉字"八"，放在下巴之下，做微笑状。看到她，我不由想起一首流传甚广的藏族歌曲《卓玛》，歌中唱：卓玛是草原上的格桑花，在藏地有数不清的女子叫卓玛，也有数不清的格桑花。

我一直走到村庄的尽头，那里最为临近然乌湖的水面。湖边有很多鹅卵石。我问了好些人，才弄清"然乌"一词的大意："许多尸体堆积在一起"。据说这里曾是藏东南有名的水葬场——这是它出名的另一个原因。水葬是藏族三种传统殡葬方式中的一种。与天葬一样，水葬也含有布施的意义（藏民不吃鱼也多是因为这一点）。我不由感叹：归去来兮，生死轮回，最后能在这里仰望雪山草地，干干净净，一身清白，等候踏上去天堂的路，真是一个美丽的归宿。

晚上又下起雨来，气温越来越低。我赶紧关闭窗户打开电热毯，可是不一会又感到氧气稀薄，胸闷气短，不得不又推开两指宽的窗缝。哪知如贼一样的风夹着刺骨的寒气汹汹而来，震得玻璃叮当乱响，只好又把窗户关上。如此反复多次，一夜没睡好。第二天一查，原来然乌海拔3850米，空气稀薄，没有光合作用的夜晚更缺氧。不过，后来在海拔4400米的定日、海拔4500米的那曲过夜时，我才体会到在然乌的不眠夜，不过是小菜一碟罢了。

在波密

又是凌晨四点半出发，原因完全相同：白天道路施工，晚上十点至清晨六点放行。一路小雨，气温零下3摄氏度。

天亮前，我们到达位于波密县境内的米堆冰川。

波密县城附近的米堆冰川

这是波密众多冰川中比较容易接近的一个，靠近川藏公路。走进去，一路都是高山草甸。杨树金黄，树下生长着许多不知名的红果子。浅浅的细流从树下流过，牦牛在草地上悠闲地吃草。由于目前光顾的游人极少，故没有什么人工雕琢的痕迹。冰川下有一个小村庄，居民以放牧为生，兼种植一些青稞。见有游客，村民们便牵出马来，招揽生意——他们可将游人驮到离冰川最近的地方。即使生意不成，也不纠缠变脸，全然没有一些著名景区揽客的刁钻油滑之气。

冰川主峰高达六千多米，长长的冰舌延伸下来，落差达两千多米，极是壮观。从印度洋吹来的西南暖湿季风，沿雅鲁藏布江和察隅河谷北上，在波密造就了这个如精灵一般的米堆冰川，它也是世界上海拔最低的冰川之一。冰川下有一个不大的湖，湖面上结了一层薄冰，周围有不少金黄色的树木。如果不是偶尔传来雪崩的声音提醒，我实在无法将它与那白茫茫的冰天雪地联系在一起。

印度洋的暖湿季风令米堆冰川下呈现出一派森林茂密的景象

离开米堆冰川后，我们一直穿行在茂密的森林与湍急的帕隆藏布江边。满眼绿色中偶尔闪现出耀眼的雪峰和碧蓝的苍穹，湿润清新的空气犹如江南水乡。不，我觉得胜过江南。这里没有工厂，农耕地也较少，加上海拔高，空气纯净，阳光明媚，使人神清气爽。

走进波密，顿时感到一路的艰辛劳顿得到了补偿。无限风光在险峰，正因为经历了无数险峰，那旖旎风光才让人难忘、珍惜。

"波密"在藏语里是"祖先"的意思。历史上，波密曾是藏东一个相对独立的部落，与东边的康巴藏族、西边的工布藏族有密不可分的血缘关系。波密人称自己的家乡为"藏王故里"，此外这里还有"冰川之乡""森林王国"的雅号。

波密地处喜马拉雅山与念青唐古拉山交会处，虽然四周不乏高大的雪山、终年不化的冰川，但印度洋的暖湿气流也给这里带来了丰沛的降雨。在山连着山的青藏高原，神似乎特别眷顾波密，青睐波密，挥手为它打开一道山口，让温暖的季风流淌进来，绿了山川，肥了大地。于是这里群山苍翠，河流纵横，连海拔7782米的南迦巴瓦峰下也是一派绿树掩映的好风光。据说波密森林覆盖率达到百分之九十以上，真是好一个绿波密！不过，波密又怎是一个绿字了得？

环绕波密县城的雪山和森林

波密被称为"藏王故里""冰川之乡"

　　饱览一路风光后，下午，我们到达波密县城扎木镇。不想路边简陋的洗车场竟是四川老乡所开。他和父母从绵阳来此谋生已经十年，白手起家，从洗车开始，现在已买了一辆双层客车跑运输，并且雇了帮工。他用手指了指停在对面的新客车，眼里流露出自豪，而对自己一头乱发和满是油渍的旧衣服毫不在意。

　　洗车场里停泊着各色越野车，那些车上贴着的"进藏志——一世情缘""心灵之旅""跨越珠峰"等各种彩色招贴，进出的人身着冲锋衣、防寒服，一身行头，武装到牙齿，洗车场老板看着很不以为然，耸耸鼻子说："喳翻翻的（四川方言，意思是太过夸张招摇）。"他说，再烂的路也有人跑，再危险的活也有人干，川藏线天天有人走！他聘的司机，如果跑川藏线，就按趟计酬，从波密到成都一趟一千七百元，住在车上，饭由老板包，每天一包烟。通常是他或

在波密

051

者他父亲与司机一同上路，两人昼夜轮换着开车，途中不住旅店……

刚说到此，一辆大货车过来加水，年轻的司机又瘦又矮，看样子不足八十斤。忙了一会，只听车门一响，"咚"的一声，跳下来一个胖妹，一溜烟跑到小卖部，转身嘴里嚼个不停。两人是夫妻，也是四川人，经常换着开车。胖妹用浓浓的乡音告诉我，去八一镇的路很好，只是下雨天过通麦大桥后一定要小心，那里经常出车祸。他们时常在危险的路上走，已经见惯不惊。

告别老乡们，我们到波密宾馆住下，洗漱一番后下楼到服务台，向两个藏族姑娘打听如何去墨脱。墨脱是当时我国唯一没有正式通公路的县，想去墨脱的人必须从波密转道而行。一个姑娘告诉我们，此去墨脱一百二十公里，本来早就修筑了公路，但是一进入夏季，公路就被泥石流和塌方毁坏，年年修，年年坏，故一直无法正式通车。因此，墨脱一直是驴友们梦寐以求而又难以到达的地方。

一百二十公里说起来不算远，但对于墨脱就如同万水千山。墨脱地处喜马拉雅山脉南麓，与印度毗邻，海拔不高，却是我国地质灾害最频繁的地区之一，暴雨、地震、泥石流、山体滑坡随时发生。二十世纪五十年代，墨脱山区曾发生过强烈的八级地震，山川崩塌，河流改道，所幸那一带人烟稀少，故影响不大。除此之外，在通往墨脱的路上，还有人们意想不到的蚂蟥区。在那里，蚂蟥不但藏匿在地上、水中，随时袭击人，还可能如雨点一般从树林里降下！

然而，这样一个道路无比艰险、灾害随时降临之地，却拥有异乎寻常的美丽与神秘。那里青山绿水，树木葱郁，清流急湍，其间又遍布着奇花异草。由于远离滚滚红尘，当地人烟稀少，都很知足，生活简朴，待人诚恳，还保留着一些奇特的人文景观。

"墨脱"一词，在藏文中是"花"的意思。墨脱又名白马岗，居住在当地的门巴人、珞巴人又将此地称为"白隅欠布白马岗",意思是"隐藏着的像莲花那样的圣地"。因全域地形极似女神多吉帕姆的仰卧姿势,故又有人说墨脱是金刚亥姆多吉帕姆用自己的身躯幻化而成的——金刚亥姆是西藏密教中备受崇拜的一位大菩萨,神通广大,法力无边。因此墨脱虽然地处偏远,路途艰难,但一直被视为神圣的地方。

得知我想去墨脱,一个姑娘便在一张纸上写下一个藏族人的名字和电话递给我,说这个人可以用皮卡车送我一段,如果顺利,十个小时左右可以到达。如果遇上下雨,就只能把车停在派乡,然后徒步走过蚂蟥区和泥石流地段进入。"至于价钱,你们自己谈。"

正说着,一个三十岁左右的男子风尘仆仆推门进来,刚准备登记住宿,听我在打听去墨脱的路,立刻询问可否结伴而行,大家平摊租车费用。他准备去比墨脱县城更远的80K。80K是一块标示80公里的路标,因为当地没有名称,80K就被唤成地名。然而,80K并没有风光旖旎的湖泊,也没有神秘的树葬群,去看什么?我问他。他略微沉默了一下,说,有一个女子,离开了他们共同生活的繁华大都市,在藏地四处游走,听说最后停留在80K,并开了一家小餐馆。他千里迢迢从重庆来西藏,就是为了去找她。

跳出自己的生活圈子,其实人与人很容易沟通理解,尤其是在接近自然的地方。人在出行前往往会胸怀一个目标,或者有一个目的,可是漫长的旅途会逐渐淡化这些欲望,而让人更在乎行走过程中的体会、感悟和收获。我曾在藏地一个山寨遇到一位来自陕西的流浪诗人,他在那里已经逗留了一年多,如果不是鼻梁上那副深度近视眼镜,肤色和装束已难以与当地人区分。他告诉我,当地淳朴善良的民风让他有获得新生的感觉,因而停留下来。当他知道我是作家时,一连背诵了好几首自己写的诗，他很想有人分享，可是当地山民对此似乎兴趣不大，这是他唯一的遗憾。

重庆男子的故事很长，也很特别，可惜我这次进藏急于赶路，没有时间再转道去墨脱。听我这样说，那个男子也没什么遗憾，他说，独自一个人也要去，言辞很坚决。那个藏族姑娘听他这样说，立马抄起电话为他联系车辆。她们经常帮助远道来此要去墨脱的客人，而自己却从未去过墨脱。她说，自己还是有过好奇心，但走了不到四分之一的路就吓得打道回府——公路像斜挂在悬崖上，山顶不断有飞石坠下，稍不注意，车轮就陷入烂泥潭里，无法动弹……

第二天一早，果然下起小雨。三辆长安小面包车停在宾馆门口揽客，一打听都是去玉许的，那是近年开发出来的冰川湖泊风景区。我问有无去墨脱的客人，几个司机都摇头。"天在下雨，那里更危险。"他们反复说道。末了，又说，明年就要修去墨脱的隧道，以后就方便了。

那时的墨脱还能保留自然之美吗？我不禁自问。

我们仍旧决定放弃去墨脱，向林芝前进。过通麦大桥时，一辆运木材的大货车翻倒在大桥旁的悬崖边，脚下就是滔滔的易贡藏布江。这段开凿在悬崖峭壁上的路称为"通麦天险"，驶过这十四公里溜滑狭窄、高低不平的路后，开车的同伴说自己因为胆战心惊，高度紧张，汗水湿透了背心。

何不选林芝当首府

我八岁那年曾在林芝度过一段十分愉快的时光。暑假里母亲带我离开拉萨的西藏师范学校，来到父亲部队所在地——林芝八一新村。

那时，正值野桃成熟的季节，满山低矮的桃树果实累累，令人垂涎欲滴。每天附近邦拉村的村民都把猪赶到桃树下，一阵摇晃，野桃满地，让猪儿大饱口福。最初青色的桃子有点硬，也有点酸，母亲就把摘下的桃子削掉皮，切成小块，用白糖腌一下放在锅里蒸，像做糖

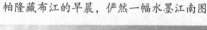

帕隆藏布江的早晨，俨然一幅水墨江南图

水罐头一样，味道好极了！后来桃子慢慢软了，也越来越甜，就经常采摘新鲜的吃。山里的狗熊也抵挡不住诱惑，常常跑到山下来吃桃子，我们经常在上山途中看到狗熊粪便里露出桃核。最初我心里有些害怕，但同行的解放军叔叔总是拍拍肩上的枪说："有这家伙在，啥都不怕！"

很快桃子就吃腻了，叔叔们又带我采蘑菇，打野物，挖党参、三七和虫草，以至于我小时候一直觉得那些在今天看来十分名贵的补品一点也不稀奇。我最喜欢的是一条柔软光滑的狐狸尾巴，睡觉时总要把它放在枕头旁边——那就是一次上山的收获。

林芝古乡湖

最为有趣的是有一天夜里，一只饱餐了野桃的狗熊窜进了一家藏民的羊圈，藏民慌慌张张来部队求助。结果第二天就有人送来一只熊掌。母亲把熊掌抹了黄泥，拿到火上烤去皮，又在锅里慢慢煨。端上桌后又讲了一番"鱼和熊掌"如何如何的话才让我动筷子。可是红红的带有一股腥膻味的肉让我觉得很难下咽。后来我上大学时遇到一个老夫子，讲起鱼和熊掌的取舍，说得摇头晃脑，舔嘴咂舌，弄得全班同学馋涎欲滴，喉咙里几乎伸出手来。唯有我不以为然，说那东西其实并不好吃。老夫子听完我的述说，从厚厚的镜片后打量我一阵，很肯定地说："一定是烹调方法不对！"其实老夫子并未吃过熊掌，不过是物以稀为贵，再加以想象罢了。正应了一句谚语：没有吃到嘴里的肉总是特别香。

新兴城市林芝

野桃和熊掌深深地留在我的记忆里。今天，林芝四周的山上野桃仍有，狗熊却踪迹难觅了。

林芝出产丰富的山珍，鲁朗镇就是一个缩影。镇上街道两旁，石锅野菌鸡餐馆鳞次栉比，鲜香味远远扑面而来。鲁朗石锅煮出的饭菜有一种特殊的香味，保温时间长，且营养不易流失。到了这里我才知道，这种选用墨脱原石手工凿成的石锅需要经过一段时间保养，其间要每日抹油，使用时要由低到高逐渐升温。我原来有一口这样的锅，由于不懂保养，一上灶就开足大火，结果烧裂了。可惜呀！

林芝市政府所在地叫八一镇，是一座整洁的现代化城镇。街道两旁垂柳摇曳，花卉艳丽，清清的尼洋河蜿蜒绕城而过。八一镇海拔较低，空气清新，瓜果蔬菜丰富，被视为西藏最适合人居住的地方。

我和先生开车在街上转悠，四处打听八一新村在哪里。转了几圈，仍然没打听到。记忆中，八一新村距林芝县城（今巴宜区）大约几公里，我问路时不停说明这一点，并反复强调是老十八军五十二师所在地，可是大多数人早把此八一镇当成彼八一新村，连神通广大的交警也不知东西。我只好向老人打听。可林芝是一座年轻的城市，路上老人极少。好不容易在尼洋河边遇见一个带孙子晒太阳的老汉，终于说出了当时驻扎部队的番号——五十二师一五五团、一五六团。我大喜，按照他说的方向朝北过桥，结果跑来跑去绕了不少冤枉路，途中还问了几个人，仍然一无所获，只好又折回原地，向老汉核实。谁知老汉迷迷瞪瞪，这次指了另一个方向，弄得我们哭笑不得。最后还是一位从幼儿园接孩子出来的年轻爸爸为我们指点了迷津。

父亲1968年于西藏林芝

颇费了一番周折，终于找到了八一新村——父亲曾经驻扎的地方。原来它现在就在城边上，早与这座新城融为一体，分不清彼此了。只有营区里那些根深叶茂的大树见证了历史变迁的过程。绿化环境是十八军的老传统，部队走到哪里，花草树木就种到哪里。花草树木最多的院墙里一定驻扎着部队，庭院也一定洒扫得很干净。这最初是纪律，后来成了习惯，即使离开部队，大家还是会延续这种传统。

营区大门口荷枪实弹的警卫远远地就示意我们停下。我径直走到值班室自报家门。得知我是十八军的后代，一脸严肃的年轻军官顿时露出笑容，向我一一介绍了这里的情况。只是纪律严明，不能让我进入军事管制区。我表示理解，就在大门口给父亲打了电话。父亲十分激动，久久不愿意放下电话。

一夜好梦，第二天依依不舍地上路。在走过许多高山峡谷、险途恶水、穷乡僻壤之后，大家更觉得林芝可爱可亲，纷纷感言：这样一个好地方，何不选她当西藏首府？

阿沛庄园还有什么

从林芝到拉萨，一路有好些美丽的湖泊，其中巴松措最为有名。巴松措又名措高湖，也是由地壳运动形成的堰塞湖。"措高"在藏语里意思就是"绿色的水"。果然名不虚传：绿莹莹的湖水泛着波光，随着光影变幻出墨绿、蓝绿、粉绿、果绿等不同的绿色，大自然的奇妙真是令人赞叹。

离开巴松措不久，我们就到达工布江达县的阿沛新村。这个路边

由福建省援建的阿沛新村

的小村与无数新建的村庄大同小异，没有任何特色。如今西藏许多区、县、乡、镇、村都是由东部发达地区援建的，阿沛新村就是福建省援建的一个点。

过去这里曾是一个有名的庄园，庄园里出了一位杰出的人物，这个人就是阿沛·阿旺晋美，曾经担任全国人大常委会副委员长，西藏军区第一副司令员，1955年授中将军衔，2009年12月去世，享年一百岁。他是一位在中国现当代史上有较大影响的人物，我原以为他家的庄园会保留下来，或者至少留下一部分，可是谁知竟然毫无遗迹。

1910年2月，拉萨一个有蒙古族血统的贵族家庭——霍康家出生了一个男孩，取名阿旺晋美。不久，男孩被母亲带到墨竹工卡县的加玛庄园抚养，度过了愉快的童年，后来，又被送到拉萨学习藏文。阿旺晋美十四岁时，拜在高僧喜饶嘉措门下，学习文法、诗学、历史和哲学。三年后，又拜藏传佛教宁玛派活佛达苍为师，修习佛学经典。喜饶嘉措和达苍活佛都是学识渊博、品德高尚的佛学大师，对阿旺晋美的人生产生了巨大的影响。

十七岁那年，阿旺晋美回到加玛庄园，此时他已是英俊潇洒、风度翩翩的青年才俊，临近的贵族宇妥家的阿沛·才旦卓嘎小姐对他一见倾心，却遭到家里的反对。因为阿沛家族是封地在藏东南工布江达、血统纯正高贵的古老贵族，才旦卓嘎小姐的地位远在霍康家的阿旺晋美之上。而且，除了家族地位的差异，才旦卓嘎小姐还是十三世达赖的侄女，这令这桩婚事变得更加复杂。不过，争到最后，得胜的还是才旦卓嘎小姐，二人终于结为连理。阿旺晋美入赘后，以阿沛家族继承人的身份向西藏噶厦政府申请出仕获准，正式承袭了阿沛名号，改名阿沛·阿旺晋美。

在藏族社会，男性入赘是人们习以为常的事。一家若有三个男孩，通常是一个出家为僧，一个继承家业，一个入赘女家。贵族家若没有男性继承者，就会招女婿上门，令其继承封号。

不久，阿沛·阿旺晋美出任西藏地方政府昌都粮官等职务，三十五岁时又升任审计官，相当于四品官员。1951年，中国人民解放军第十八军即将进藏时，前任昌都总管感到局势不利，便称病告假，西藏噶厦政府只好任命阿沛·阿旺晋美为增额噶伦兼昌都总管，官位超过二品，成为噶厦政府里最年轻的高官——按照噶厦政府的制度，要让阿沛·阿旺晋美去昌都当总管，必须任命他为噶伦（西藏地方政府最高核心官员），但由于清朝时朝廷规定噶伦人数不能超过四人，国民政府也沿袭旧制，所以只能临时增补他为噶伦，叫"增额噶伦"。

阿沛·阿旺晋美临危受命，被推到了时代的风口浪尖。在历史的洪流中，他顺应形势，有力地推动了西藏和平解放的进程。到达昌都后，他根据自己沿途所见所闻以及对大局的分析判断，向噶厦写报告，说明与解放军对抗无异于蚍蜉撼树，战争必将使百姓遭受更多的苦难，要求停止扩军备战。而且，还没等得到批复，他就下令遣散了已被派往金沙江一线布防的几千名民兵，要他们各自回家养畜、种地。昌都战役打响后，他明智地选择了停战投诚，并协助解放军遣散安置从前线溃退下来的西藏士兵。据说，阿沛之所以能做出这些决定，与他妻子的影响有关。

阿沛·阿旺晋美的这些举动，对推进西藏的变革起了很大作用，但也给自己惹下了麻烦。1951年，他从北京签订和平协议回来，西藏地方政府中一些居心叵测的人以他剪辫子为由，不许他进入拉萨城。后来，又要求他不能穿藏装，只能穿蒙古服。诸如此类，百般刁难。最为惊心动魄的是1959年3月10日，阿沛·阿旺晋美被通知到罗布林

阿沛新村一角

卡参加会议，走到半途，他忽然感到有些异样，便机警地绕道返回，躲过一场暗杀。而另一位昌都官员帕巴拉索朗降措，因为戴着口罩进入罗布林卡，被当成阿沛·阿旺晋美，惨遭杀害，并游街示众。不久，西藏开始了民主改革，阿沛·阿旺晋美受命出任自治区筹委会副主任委员兼秘书长，一生致力西藏的发展建设。

在阿沛村口，十几个村民坐在地上，一边晒太阳，一边啃红萝卜，有一搭无一搭地聊天打发时间。狗和猪到处游逛，不时在人群里穿梭觅食，或等着人赏一点红萝卜。老庄园的痕迹一点也没有留下。我向村民询问阿沛·阿旺晋美以及阿沛家族的事，大都摇头，只道不知。

离开阿沛村，翻过海拔5013米的米拉山口，黄昏时穿过松赞干布的故乡墨竹工卡县，又在夜色里经过达孜县，我们终于远远看到屹立在山头、闪耀着五彩灯光、气势恢宏的巍峨的布达拉宫！

两千多公里的川藏线就要到头了，我不由心潮起伏。当初，为了修筑这条路，三千多名战士牺牲了他们年轻的生命。据说，川藏公路下，平均每公里至少埋葬了两个人的尸骨，这大约是世界上代价最高的一条路！据父亲回忆，1951年，部队在开凿通麦天险时遇上塌方，一个排的战士全被埋在泥石当中；战士们深夜在业拉山抢铁锤打孔，伸手不见五指，只好在钢钎和铁锤上绑上醒目的白棉花；寒冬腊月，战士们在然乌背石头筑路，手脚伤痕累累，面颊上的冻疮也开裂了。那时没有机械操作，开山、运石、筑路全靠人力，其辛劳程度非一般人能忍受，而官兵们最大的奢望，就是能吃上煮熟的饭、一点残留着绿叶的蔬菜……

川藏线，一条至今令人心惊肉跳的路，一条用血肉筑成的路，一条令人终生难忘的路！

眼望拉萨城里灯火通明，再次祈祷川藏线上的英魂安息！

工布江达牧场

拉萨的记忆

　　得知我要去西藏，远在美国的涛在电话里一再叮嘱我去见见在拉萨的梅。梅是他的初恋情人，大学同班同学，后来阴差阳错，各奔东西，有情人未成眷属。涛是个多情的人，风流倜傥，年轻时女友无数，却始终对梅难以释怀，想来她必定有过人之处。于是到拉萨后约梅相见。

　布达拉宫

第一眼看到梅，觉得她疲惫而又略显苍老，衣着打扮也普通随意，不由暗想，涛怎么会恋上她？涛是一个很在意外貌的人，曾经的女友大多如花似玉，现在的妻子不但能干，而且曾三次上过知名杂志的封面。

不过，聊了一会，她的内在魅力就慢慢流露出来。丰富的经历和开朗大气的性格为她增色不少。大学毕业时，她不顾家人反对，在分配志愿上填上西藏、新疆、内蒙古等边疆地区，后来如愿来到她的第一志愿——西藏，先在一所大学教英语，几经变故后下海经商，如今虽然独身一人，却把公司经营得有声有色而又不招摇。梅是一个值得爱的女人，可惜与涛缘分不够。

梅在西藏二十多年，看到了日新月异的变化，也经历过不安与动荡。有一次，她恰好在街上买菜，一群人围过来往她脸上、身上撒青稞粉。顿时，她双眼模糊，什么也看不清，吓得大哭起来。这时忽听一个老人大声制止道："不要打，她是老师！"说着，拉着她的手飞奔而去，途中告诫她这几天千万不要出来。她至今依稀记得那个老人的面容。

教师是受尊敬的职业，不分时代，不分民族。我不由得想到了我的母亲，一位把青春年华献给藏地的普通教师。梅陪我去了母亲曾经工作的西藏师范学校，如今的西藏大学，只是由于安保的原因，未能进入校园，不过得知当年那些老房子早已不复存在，新建了漂亮的校舍和运动场。

走过老拉萨大桥，蓦然发现，由于成年视角的原因，它已不复儿时眼中那般高大雄伟。桥下河水潺潺，却不见当年鱼儿成群结队游荡的情景。拉萨城的变化可谓翻天覆地，周围的石头山却依旧是光秃秃的。

母亲工作的西藏师范学校如今已经是西藏大学，早已旧貌变新颜

　　晚上，我倒在床上辗转难眠，满脑子母亲的身影，以及童年时在拉萨与她生活的情景。

　　我的母亲出身于一个书香之家，似乎在娘胎里就遗传了做教师的基因。我外祖父张茂实是四川大学最早的学生之一，毕业后先后在泸县师范等学校教授国文和历史。我的舅公罗学府二十世纪二十年代毕业于北京高等师范学校（即今北京师范大学），先后在隆昌、泸县等地担任中学校长。母亲家族里有好多人从事教育工作。母亲出生时，外祖父给她取了一个意味深长的名字——辅良，希望她长大后也成为一名教师。外祖父和舅公资助过好些品学兼优却家境贫寒的学生，至今仍有人能回忆起当年他们离开学校时学生依依不舍、三十里挥泪相送的情景。

　　母亲成年后就读于四川师范学院数学系，1961年去西藏援教，途中在翻越海拔五千多米的唐古拉山时休克过去，司机吓得赶紧把她送到山下的兵站。车上同行的乘客都束手无策，甚至不知她的姓名、籍贯，只知她是一名援藏教师。恰好这时北京科考队来唐古拉山下的沱沱河考察，得知此事后立刻派随队医生连夜将她送到青海格尔木陆军某医院抢救。而前来迎接母亲的父亲对发生的事还一无所知——那时别说手机，大多数旅店，甚至一些兵站，连手摇电话也没有。父亲拿着母亲的照片，一路逢兵站就打听，最后找到唐古拉山兵站才有了线索，又一路追赶到格尔木陆军医院。因为母亲一直处于昏迷状态，医生无法知道她的姓名，父亲只好挨病房逐一查找，终于找到昏迷不醒的母亲。陆军医院了解到母亲的情况后，出院时不但没收她一分钱，反而还送她一些药品和一个氧气袋，并仔细交代注意事项。后来，父亲一遇兵站就灌氧气，并用军大衣和身体为母亲遮挡风雪，终于让母亲吸着氧气到达了拉萨。

母亲到达拉萨后，依旧与父亲两地分居，见一次面，单程需要奔波两天。她既要独自忍受强烈的高原反应，还要一边学习藏语。一年后，她便可以用藏语授课了。

母亲先在拉萨中学任教，后又调到西藏师范学校。为了提高藏族学生学习汉语的积极性，她尝试教他们汉语歌曲。果然，天性喜欢歌舞的藏族学生学习汉语的热情大增。除了课本知识，母亲还时常向他们讲解一些卫生常识，尤其是对女生，所以学生们都很喜欢她，远远看见她就恭敬地叫"格纳"（藏语对"老师"尊称）。母亲在妊娠期时，高原反应严重，又特别想吃绿叶蔬菜，但是买不到，无奈之下只好摘刚发芽的野草替代，可又担心对胎儿有害，不敢下咽，只好放在口中嚼一嚼又赶紧吐出去。常常是一口青草，满嘴苦涩。学生们偶尔就会在母亲的宿舍门口放一棵白菜或几个土豆——那时拉萨还没有温室大棚，新鲜蔬菜比肉还珍贵，从内地探亲回来的老师，带一点花菜、青菜或者其他蔬菜去看朋友，就是最好的礼物。

　　学生们知道我母亲身体不好，父亲又远在外地，便时常三三两两到宿舍去看她，想帮她干一点家务活，可是又不敢敲门，担心会打扰老师，于是就站在门外等，有时等很久，直到她自己开门出来。母亲的房间比较狭窄，小沙发上坐不下几个人，便让学生们坐床边，但他们总会小心翼翼掀开床单坐在垫褥上，生怕弄脏了床单。尽管母亲一再让他们不要如此，但他们还是坚持。"文化大革命"期间，有一次拉萨爆发激烈的武斗，三个学生冒着生命危险将母亲接到一个安全的地方藏起来，这令她十分感动，觉得她所有的努力、所有的艰苦、所有的病痛都得到了回报。

　　记得我五岁那年，母亲回四川探亲，来保育院接我。我正在吃饭，忽听喇叭里传来一个声音："徐杉小朋友的妈妈来接。"老师听见，立马给我洗脸换衣服，牵着我的手往大门口接待室走。

　　因为担心高原气候不适合孩子发育生长，那时十八军的后代大都留在成都。只有等到三年一次的探亲假，家长才能看到自己的孩子。西藏军区驻川办事处专门聘请老师和后勤人员办了全托制的保育院、八一小学、八一中学。保育院规定，家长不能随意进入，返校的孩子必须隔离三天，观察是否患病，以免传染其他孩子。

　　老师把我送到母亲面前，叮嘱我鞠躬问妈妈好。我按老师的吩咐做了，但心里一直有些别扭，因为我对母亲很陌生。当晚我们住在西藏军区驻川办事处的招待所里。我坐在床边上，一直闷不出声，也不睡觉。母亲问我怎么了，半晌我才说，我想回保育院，我想小朋友。母亲的眼泪一下子流出来，抱着我泣不成声。她在西藏时时刻刻都在思念自己的孩子，不想见了面孩子并不领情。她去教导陌生人的孩子，而自己的孩子却把她当陌生人。

　　这次分别后，我七岁时才又见到她，那时她回四川生我妹妹。妹妹满月后,她不得不再次把我送到八一校。分别前,她早早就开始教育我:要做一个坚强的孩子,离开妈妈不要哭,等等。分手那天,我眼泪一直在眼眶里打转,硬忍着往喉咙里咽,不让它掉下来,待母亲一转身走出校门,我就放声大哭。很多年后我才知道,母亲也站在门外大哭。那时,这样的情景时常出现在大门口,每一次分手都如生死离别,孩子们声嘶力竭、号啕大哭。有的孩子的父母死在返程的路上,也有的孩子早夭,从此见不到父母。迢迢川藏线、青藏线隔断了无数亲情,久而久之,亲情的外壳也变得坚硬起来。我的不少同学后来与父母一直有隔膜,不撒娇,不发嗲,独立而又倔强,有痛苦和困难也不愿意向父母倾诉。

七岁那年分别时,母亲留下一张她的照片,让我想她的时候拿出来看看。由于我经常拿出来看,同学们都认识我妈妈了,以至照片掉了好几次都被人送来,捡到的人一打听就有人告知:这是徐杉的妈妈!我的妈妈已经被同学们在心里想象、转换、勾画成自己妈妈的形

我的父亲、母亲

象。我八岁到拉萨时，把这张皱皱巴巴、四角磨损得不成样子的照片背后的故事讲给母亲听时，她又一次流泪了。我成年以后，她告诉我，保育院每隔半年就会给家长寄一张孩子的照片去，每一次收到照片，无论是在开会、上课还是吃饭，她必定会泪流满面。西藏师范有好几个与她情况相同的援藏女老师，同病相怜，往往是一人流泪，几人都在哭泣。

我母亲送走了一批又一批藏族学生，却给自己留下越来越多、越来越重的高原疾病。她本可以到被称为"西藏的江南"的林芝去当随军家属，那样可以和父亲在一起，还可以把分隔在内地、三年才能见上一面的孩子们接到身边。若是那样，也许她不会走得那样早，也许她自己的孩子们会成长得更好些。

母亲晚年时，我曾问她，后悔去西藏吗？她想了想说不后悔，因为西藏虽然艰苦，但人与人之间充满友善。母亲是一位平凡的教师，然而却有一颗充满责任感和人情味的心，所以她的藏族学生尊敬她、爱戴她。有一次他们竟以七碗大米，设法换了一只鸡送给我母亲——藏族的习俗是不杀鸡食肉的，养鸡只是为了得到鸡蛋。人生如此，亦无遗憾。想到此，我贴着被泪水浸湿的枕头渐渐入睡。

第二天天刚亮，先生就叫起我。我们赶到大昭寺，却见寺庙门口早围满了磕长头的人，密密麻麻一大片，此起彼伏，口中念念有词。与我小时候见到的情景有所不同的是，多数人的面前垫了泡沫、毡垫、塑料板之类的东西，舒适了很多。而过去见到的那些虔诚的信徒，都是在冰冷的光石板上磕长头，长年的磋磨使大昭寺门前的石板又光又亮，如同上了一层油一样。不过，大多数藏民还是坚持按顺时针方向从左边大门入内，哪怕排上几个小时也在所不惜，而游客多是从右边出口进入，那样不需要等候——他们没有信仰的约束。

大昭寺门前虔诚的信徒

大昭寺旁边的八廓街上，商店鳞次栉比，小摊一个接一个，出售各式各样的商品，印度的、尼泊尔的，浙江义乌的、成都荷花池的，琳琅满目，应有尽有。叫卖的、乞讨的、扫地的、巡逻的，各司其职。如潮的游人也是各取所需，观山望景不忘讨价还价。还有那道听途说、对西藏一知半解的外国人，用异样的目光东张西望，四处穿梭。形形色色的人，把一个八廓街弄得人声鼎沸，喧嚣嘈杂，看上去生意兴隆，内中却似乎隐含着一种浮躁。

这与我儿时记忆中的大昭寺、八廓街截然不同。

记得有一天，母亲的一位学生带我去大昭寺。当时正值"文化大革命"，为了保护文物，大昭寺一度关闭，不对外开放。他拉着我走在空旷的寺院里，脚步声在里面四处回荡，似乎传到很远的地方。给我留下印象最深的，就是那一排排燃烧的酥油灯，照映在菩萨闪闪发光的脸上，神秘而又肃穆。他问我想要什么，我摇摇头没开口，回到

大昭寺屋顶俯瞰八廓街

大昭寺门前忙于拍照的游客

家却对母亲说想要一盏酥油灯。后来母亲两次带我去八廓街，都没有买到我中意的酥油灯，因为我总觉得没有大昭寺里的好。那时的八廓街多为石块土坯房，只有寥寥几个冷清的小店。

中午离开大昭寺，我又赶往布达拉宫，不料只开放了五分之一。据说，以后开放的部分会更少，因为游人过多不利于古迹保护。即便如此，行走其间，依旧会被其金碧辉煌、灿烂夺目的外观震撼。黄金白银在这里犹如泥土。惊叹之余，又不由想到，在这辉煌之中，沉淀了西藏多少丰富而厚重的历史和文化！

攀上宫顶，俯瞰山下。罗布林卡相貌大变，这座昔日达赖喇嘛的夏宫，现在已经辟为人民公园。左边，原来宽阔的水面变成了广场。广场正中，五星红旗高高飘扬。旗下，人们手持转经筒，从左到右绕布达拉宫行走念经。

拉萨，永远会深深留在我的记忆里，无论过去还是现在。

维修布达拉宫的砖石就这样一块块背上山去

最如意美好的庄园

我们飞速赶往日喀则扎什伦布寺，因为我答应女儿，要替她在十世班禅大师的金身前许一个愿。女儿是一个颇有佛缘善根的孩子，小时候因为脸蛋总是红扑扑的，常被人戏称为"藏民娃娃"，对此她非常乐意接受。她对西藏一直有一份特殊的感情，多次说待她高考后，一定要用自己攒的过年钱带外公去西藏故地重游，还要让外公做她的

存放班禅大师金身的殿堂

晒佛台。在藏族传统的晒佛节上，要将寺院珍藏的佛像请出来供信众们朝拜

最佳导游。

　　"扎什伦布"在藏语里意为"吉祥须弥"，寺为四世之后历代班禅的驻锡之地，是后藏百姓心目中的圣殿。十世班禅圆寂以后，金身就安放在寺中专门修筑的灵塔礼殿里。

　　十世班禅大师在世时，我父亲曾有幸见过他。那是1960年在拉萨的一次庆功宴上，当时大师年仅二十二岁，和善端庄，气质沉稳，给人印象十分深刻。

　　刚进入日喀则市区，远远就看见依山而筑的扎什伦布寺。金顶红墙沿山势蜿蜒逶迤，在阳光下十分醒目。墙内殿宇依次递接，疏密均衡。整个建筑群高大、雄伟、深邃、壮观。在藏地，时常能感受到寺院建筑的辉煌，而其间汇集的文化、艺术、科技等各方面的精髓，更是让人叹为观止。

　　临近关门的时间，如潮的游人已经散去，整个寺院安静下来。我沿着石阶往上走，只见房屋相连，巷道幽深，门户错落，稍不注意不看标志牌就难辨东西。窗台上、院落里，开放着艳丽的花朵。后来才知道，扎什伦布寺里有3600间房间、57间经堂。我接连问了两个僧人才找到班禅大师的灵塔礼殿。只见大师高高地端坐于灵塔中，通身金光闪耀，面容栩栩如生。整座灵塔铜铸金覆，镶嵌着各种各样的珠宝。

从灵塔出来，我们又赶往强巴佛殿，这是该寺另一个引人注目的大殿，由九世班禅曲吉尼玛于1914年主持修建，拥有世界上最高最大的铜塑佛像，高达26.2米。走进大殿，见强巴佛端坐在高达3.8米的莲花基座上。据介绍，这尊佛像由110名工匠花费四年时间才铸造完成，共消耗黄金6700两、黄铜23万多斤。佛像眉宇间镶饰大小钻石、珍珠、琥珀、珊瑚、松耳石1400多颗，让人又一阵惊叹。

晚餐时间到了，扎什伦布寺关闭大门。有人送来水饺，并配有香辣的四川味红油蘸碟子，七八个僧人陆续走到大殿一角准备用餐。我正要离开，一位喇嘛招手让我过去。他不会讲汉语，用动作示意我低下头，然后把自己手中一摞用黄绸包裹的经书轻轻放在我的头顶，念经为我加持祝福。

我在金黄的落日余晖中走出扎什伦布寺，心里一直鸣响着天籁般的梵呗。

第二天一早，我们到街上寻找洗车场，可是转了一圈，洗车的地方都还没有开门营业。正感到失望，忽然透过一处大门看见一个妇女在洗车，便抱着试一试的心情进去，果然是个僻静的洗车场。

一位六十岁左右的老妇忙碌着，用纯正的四川话招呼我们在旁边稍候。那里有一排临时搭建的小屋。我坐了一会，忽听身后的小屋里传来一个稚嫩的声音叫"妈妈"。转过头，见一个六七岁模样的女孩趴在床上，两眼注视着正在洗车的老妇。屋里十分简陋，一张大床占

羊卓雍湖边的玛尼石是虔诚的信徒转湖时留下的祈愿

据了大部分空间，屋角只有高压锅、菜板、塑料桶、盆子等几样简单的生活用具。老妇回过头说了句："快起来，自己到外面买馒头吃。"我心里一阵诧异，她怎么会有如此年幼的孩子？于是推测她从四川来西藏，也许是为了超生孩子，我知道个别农村妇女会以此躲避计划生育部门的检查监督。

不一会，那女孩穿好衣服出来，黑黑的大眼睛，模样乖巧，压歪的羊角辫上扎着五彩牛皮筋和绢花。她从妈妈手里接过五毛钱就往街上走。我忍不住对老妇开玩笑说："你是'超生游击队'呀？"老妇一笑，说不是，这孩子是她捡来的。

见我吃惊的表情，她讲起了自己的经历。她是四川广安人，十多年前到拉萨，最初靠卖菜为生。有一天，小女孩的母亲撒下只有两个月的女儿与人私奔了，可怜的父亲只有饥一顿、饱一顿照顾孩子，弄得焦头烂额，最后终因担心孩子拖累得自己既不能工作，也无法再找对象，就把孩子扔在菜场旁边一个废弃的破沙发上，躲在一旁等好心人收养。老妇抱起了满身屎尿的小女孩，并给她父亲四千元钱，资助他返回故里，另谋生路。

当时老妇的儿女已经在拉萨老城区开了一家理发店，他们对母亲的举动虽然不理解，但也没有阻止。2008年，一家人迁到日喀则，儿女们找了新的生活，各自分开，而小女孩一直跟在老妇身边。

说话间，那个小女孩出现在大门口，远远就拖长嗓音嗲声嗲气地叫"妈妈"。我低声问老妇："这孩子知道自己的身世吗？"老妇答，曾有人对小女孩说她是捡来的，小女孩伤心大哭，上前用脚猛踢对方。

"我并不在乎是否要让孩子知道自己的身世，也不求她长大了报答我，只是想救人一命。"原来她并不老，还不到五十岁，只是过度操劳和高原的紫外线让她容颜早衰。她本来已在成都买了一套房子，在这里开洗车场是为了给小女孩挣学费。"日喀则海拔高干活累，但比老家农村容易挣钱。"她的洗车场收费比别人低，许多司机，尤其是四川老乡都特地绕道来照顾她的生意。说起这些，她语调里透着满足和欣慰。

"日喀则是个好地方，生活平安，所以他们（藏民）称这里是'最如意美好的庄园'。"她感叹道。

我不由肃然起敬。

沧桑宗山堡

江孜宗山堡

　　走进江孜县，第一眼看见的就是巍巍屹立在山头的宗山古堡，跳进脑海里的第一印象是：微缩版的古旧布达拉宫。

江孜县城虽然海拔四千多米，但周围地势平坦，良田广布。由于没有高大建筑，相对高度达125米的宗山古堡在蓝天白云下十分醒目。旧时江孜宗就设在宗山堡。"宗"在藏语里意思是"城堡、要塞"，也是古代西藏地方政权县级行政单位的名称。宗山堡建于十四世纪初，距今有六百多年历史了。

我们吃力地往山上走，一路不见行人，没有任何标志，也不见管理人员的身影，但见石阶残缺，山门歪斜，围墙破败，杂草在风中摇晃。如果它在荒郊野岭，或是人迹罕至的地方，倒也罢了，可是它就处在喧闹的县城中央，山脚下车来车往，喇叭轰鸣，与山上的冷寂形成鲜明的对比，总让人怀疑自己走错了方向，或者我们从远处看到的古堡是海市蜃楼。

然而无处打听，只好抱着试一试的心态继续前行。

一路上思绪纷飞。江孜是古代苏毗部落的都城，自从松赞干布的父亲囊日松赞降服了苏毗，江孜便成为贵族的封地，后来这里集中了不少西藏的贵族与世家。江孜不但是前藏的粮仓，也是从西藏进入印度的交通要道。清光绪十三年（公元1904年），窥伺西藏已久的英国人派荣赫鹏率领六百多人的武装使团从亚东闯入，想以先进的武器征服西藏人民，不料在江孜遭到激烈的反抗。后来十三世达赖下令西藏军民抵抗，江孜境内十六岁至六十岁的男丁被紧急征召抗英，在宗山上筑战壕、围墙，用土枪土炮顽强抵抗。拉锯战持续两个多月，其间西藏军民曾成功偷袭英军营地，使对方伤亡惨重，不得不后撤躲避。最后英军调来大批援军，再次进攻江孜，炮轰宗山。使用旧兵器的西藏军民在枪林弹雨中一个个倒下，最后活下来的几个人见英军冲上山来，因不愿当俘虏，悲壮地跳崖自尽。电影《红河谷》就是依据这里的故事改编而成的。

宗山堡之战留下的遗迹

　　宗山堡一战在西藏地区影响很大。战后，西藏地区上层贵族中的主战派与主和派开始了激烈斗争。主和派认为清政府无能，不如投靠英国人；主战派坚持要与英国人斗争到底。然而，两派的斗争并未带来令人满意的结果，在以后将近四十余年的时间里，英国的势力一直在向西藏渗透。江孜县城南边就驻扎了英军，名为保护英国驻西藏的官员，实则是想将中国西藏变为它的殖民地。江孜的英国兵营里，建起了网球场、足球场、商店，修筑了西式洋楼，供往来的英国官员居住。英军军官都是英国人，下级士兵则大多是印度人、尼泊尔人。当时江孜街头充斥着各种印度商品，如纸烟、布匹、毛料、糖果、茶叶等。直到中国人民解放军第十八军入藏，英军才不得不从亚东边境撤离。

　　西藏和平解放后，出于国防安全的考虑，十八军曾将五十二师师部及其辖下的一五四团驻扎江孜。后来西藏军区成立，又在此设江孜军分区。从古代到现代，江孜一直是战略要地。

我们走到半山腰一个小屋门前，正呼呼喘气，这时左侧门里闪出一个汉子，声称每人要缴纳三十元门票费才能继续上行。从他的口中我们得知，宗山堡正筹备维修，当地政府期望这里将来成为一个重要的旅游景点。筹备部就设在过去江孜宗府的小院子里。

跨进小院，就看见一群不知何时制作的彩色塑像，有旧江孜宗府官员、挥舞皮鞭的衙役、挨打受苦的农奴，都灰头土脸、杂乱无章地堆在一个屋里，有几分像四川大邑县刘氏庄园里的著名泥塑《收租院》。这大概是原来为宗山堡遗址设计的主题，而现在的主题是爱国抗英——门外，一块小铜牌上写着一行红字："西藏青少年爱国主义教育基地"。

从小院里出来，就看见三个外国人气喘吁吁爬上山来。听说要三十元门票钱，三人嘀咕了一会便转身原路返回，看样子大约不仅是钱的问题。我注意到来藏地旅游的外国人多为年轻的背包客，去珠穆朗玛峰的途中经常看见他们骑着山地自行车，短衣短裤、大汗淋淋地在山路上前行，住店吃饭远比中国人精打细算，斤斤计较。今天早上离开宾馆时，我还见三个外国人骑着从内蒙古租来的两辆旧三轮摩托往珠穆朗玛峰方向而去，每辆摩托上都插了一根树枝，有点像四川的叉头扫把，上面挂着五彩经幡和白色的哈达，得意洋洋，招摇而去。

我们沿着一条陡直的石阶继续向上——这条抹了水泥的石阶可能是后来加入这个建筑群的，显得与环境很不协调。走到石阶顶端，汗流浃背之余，只见一间间房舍空无一物。由于年久失修，有的门窗脱落，有的墙壁倒塌，有的已经长出草来。不过，多亏高原特有的干燥天气，也多亏曾经有过的维修，它们还能较为完整地保留至今，否则，可能早在风雨中倒塌，化为废墟，或者变成一堆泥土和石块，与大山融为一体了。

继续攀登，我们站在宗山堡最高的屋顶上。蓝天似乎就在身边，白云似乎伸手可摘，西风浩荡而来，飞腾之感油然而生。前方，整个江孜城与远山近水尽收眼底，金黄的杨树在阳光的照耀下，随风变换着色彩与姿态。正是青稞收获的季节，农夫在田野里忙碌。后面，山脚下的白居寺金碧辉煌地在山谷里铺展开来，近百间佛堂依次重叠，建起十万佛塔，在阳光下发出耀眼的光芒。当年白居寺的僧人也曾加入抗英的行列，今天宗山堡早已人去楼空，而白居寺依旧香火旺盛。

抚今追昔，感慨万千。我觉得，宗山堡虽然破旧，但它饱含着历史的厚重与沧桑，远比那些粉刷得面目全非的遗迹，或者人为打造的仿古景点，更值得我们去凭吊，去珍惜。

从宗山堡俯瞰江孜城

天之湖

海拔4718米的纳木错位于当雄县和班戈县之间，远处有白雪皑皑的昆仑山、唐古拉山、冈底斯山，近处有"黑河"那曲，是西藏三大圣湖之一，流传着许多神奇的传说。在二十世纪七十年代以前，纳木错为我国第三大咸水湖，罗布泊干涸后成为我国第二大咸水湖，仅次于青海湖，也是世界上海拔最高的湖泊。

我们原计划在纳木错过夜，以便第二天一早在湖边看日出，可是由于沉迷于羊卓雍湖黄昏的景色，到拉萨时间已晚，只好住下，草草休息一会，凌晨三点就动身赶往纳木错，结果却因祸得福，躲过一场阻断交通的大雪。

还没有到羊八井，就看到四周一片皑皑白雪，原来昨夜这里降下今年第一场大雪。本以为雪已经停下，哪知到达海拔5190米的那根山后，又飘起雪花，溜滑的冰雪路面让人担忧，也不知进入纳木错后会不会遇上大雪封山，一时半会能不能出来。犹豫了一会，我们决定冒险前进，而这时同我们一道沿川藏线入藏的同行者已散去三分之一。

纳木错乡的扎西岛上冰天雪地，西风呼啸，雪花飞舞，白茫茫的雪从山顶铺展下来，一直延伸到朦胧的白雾之中，使人分不清哪里是草场，哪里是湖水，哪里是土堆，哪里是房舍，俨然走入一个无边无际的冰雪世界。

"纳木错"为藏语，蒙古语称"腾格里海"，两个名字的意思都是"天湖"。

　　名副其实，眼前，真是天与湖连为一体。

　　我平生第一次看到如此大的雪，如此洁白苍茫的天与地，兴奋而又激动。走了一阵，既不见行人，也不见飞禽走兽，眼睛被雪光刺得有些胀痛，赶紧戴上墨镜以防雪盲。忽然，我看见右边雪地里有一只狗在四处张望，仔细一看，原来是一只黄褐色的狐狸！先生忙开窗，举起相机抓拍。狐狸发现有人，立刻开始奔跑，长长的尾巴在风中摇摆，速度越来越快。正在这时候有人惊叫："左边有一只小狐狸！"听到车窗的响动，小狐狸一闪，钻入雪堆下一个洞里，转眼就没了踪影。我们有些后悔自己的莽撞，这样一来它的妈妈也许就更难找到这个调皮的小家伙了。

纳木错雪地上奔跑的狐狸

雪越来越大，车轮压在冰上发出"咔嚓咔嚓"的声响，我们不得不更加小心。我们在一排民居前停下，这是原计划昨晚住宿的小客栈，一色的白墙蓝顶的塑钢简易板房。门口停了一辆车，上面积了五六寸厚的雪，脚踏板上挂着长长的冰凌子。昨夜大雪冻得汽车不能启动，车主急得长吁短叹，又无可奈何。

大家因为急于赶路，都还没吃早餐，这时感到饥寒交迫，手脚冰凉，忙冲进小客栈，想弄一点热食暖身。等了一会，一个十七八岁的姑娘端面出来，黑黑的大眼睛，里面却含着一股恶气，好像刚跟人吵了架似的。先生吃了一口面，是凉的，就请她拿进去加热一下——原来这里的面是先用高压锅煮熟放在一边，有客人要吃就加一点热汤，而在零下十几度的环境里，一点热汤自然无法将已经透心凉的面条弄热。哪知那姑娘生硬地回了一句："是热的！"然后坐在一旁，不再理睬我们，只管往火炉里加牛粪块，灌开水，烤火。先生再次请她加热，她白了一眼，干脆装没听见。先生见状只好不吃了，但还是照价付款。姑娘一听买单，动作立刻麻利了，收了钱，拉开窗户，"哗"地将一碗几乎未动的面条泼了出去。面条转眼间就被几只肥麻雀啄得精光，雪地上只留下一片油迹斑斑的红椒汤渍。

这时有人推门问厕所在哪里，姑娘没好气回了一句："没厕所！"对方又问："没厕所晚上咋办？"同样的口气回答："就在房子后面解。"

我暗自庆幸昨晚没在这里过夜，否则不但空气稀薄难以入眠，还得受这小孙二娘白眼，不得好果子吃。

出得门来，找了一圈，终于看到湖边有一排环保厕所，七八间相连，如火车车厢一般。走近才看清，厕所门全部锁了，暗锁之外还加了扣锁，真不知道为什么。好不容易发现一间门锁坏了可以打开，可台阶和铁板地上结了厚厚的冰，踏上去又溜又滑，难以站稳。回头一看，有人就在雪地里解决了，想想也觉得不足为怪。

我们踏着齐脚踝的雪，深一脚、浅一脚地走到湖边。湖里雾蒙蒙一片，模糊不清，唯有山顶上飘扬的五彩经幡还能辨识。

纳木错居民开设的小旅店，国旗高高挂在屋顶，异常醒目

纳木错得"圣湖"之名，始于公元十二世纪末。当时藏传佛教达隆嘎举派创始人达隆塘巴扎西贝等高僧，曾到湖上修习密宗要法，并首创羊年环绕纳木错之举。所以至今每到藏历羊年，僧俗信徒都会不惜长途跋涉，前往转湖，以寻求灵魂的解脱。湖边一堆堆玛尼石便是朝圣者留下的踪迹，眼下虽然被大雪遮盖，但其中包含的虔诚之心，是一切外物都无法阻断的。

我伸手入水，想尝尝咸味，立刻感到寒气刺骨，指尖发麻。雪更大了，寒风斜打过来，衣衫和鞋又湿又凉。我们不敢再作停留，怕被大雪困在纳木错——这样的事在每年十月以后、五月以前时常发生，于是赶紧驱车离去。

在去往当雄的途中，看见许多汽车停在路边。因为气象预报称纳木错将有更大的雪，司机不敢冒险翻越那根山，更不敢进入纳木错。雨雪不停，天越来越冷。我们在当雄县城匆匆吃过午饭，又继续向前。这时，辽阔的羌塘大草原在眼前绵延展开。这是中国五大牧场之一，也被称为藏北草原，平均海拔在4500米以上，位于昆仑山脉、唐古拉山脉和冈底斯山脉之间。可是，这里丝毫没有"风吹草低见牛羊"的诗意，草原上低矮的牧草不过两寸左右，牦牛几乎是贴着根在啃食，黑褐色的毛皮上罩着一层白雪。在一旁守护它们的牧民丝毫不敢懈怠，顶风冒雪，左右照看。一个戴红头巾的女子，全身几乎湿透，紧缩身子躲在牦牛肚子下避风雪，那情景令人揪心。藏北草原是

纳木错乡的居民

严酷的，冷峻的，霜期为三百四十天，几乎没有绝对无霜期，气候寒冷，空气稀薄，长冬无夏，风霜雨雪如家常便饭，春秋两季往往还会出现严酷的雪灾，致使大批牛羊被冻死。这里的人们需要极强的生命力才能生存下来。

相比之下，我们对生活真是有太多欲望与不知足，故而才会心生妄念，烦恼缠身。

我忽然回想起曾看过的一组纳木错的照片。照片上，纯净碧蓝的湖水似乎能瞬间荡尽人心中所有的杂念，让人震撼，让人感动。那时，我觉得纳木错是世界上最纯净的湖。虽然这一次我没有看清她的容颜，甚至感受到借她牟利者的恶意，但我依然相信她的美丽纯净——在遮天蔽日的大雪之中，那山顶的五彩经幡和湖边的玛尼石堆，便是明证。

我愿生此信心。

风雪中的牦牛

可可西里

在我的脑海里，"可可西里"这个名字总是和命运多舛的藏羚羊连在一起，一想到这四个字，就有一股挥之不去的血腥味萦绕着我。

可可西里夹在唐古拉山和昆仑山之间，平均海拔在五千米以上，气候恶劣，无人长期定居。然而，即使在这样荒凉的地方，这里的生灵也无法躲避人类疯狂的杀戮。人们猎杀藏羚羊，并不是为了食用，为了生存，而是为了它那独特而名贵的羊绒。盗猎者把羊绒刮下来，

可可西里

再走私贩运到尼泊尔或克什米尔，制成一种称为"沙图什"的披肩。这种血腥的工艺品在欧洲市场上一条能卖到几万美金。高额的利润让一些人铤而走险，可可西里厄运降临……

能买得起沙图什的肯定不是穷人，可怜的藏羚羊成了那些贵妇人炫耀财富地位的牺牲品！

此行，我有一个心愿，就是能亲眼目睹野外生存的藏羚羊。可是当我到达那曲后才得知，虽然国家已建起可可西里自然保护区、藏羚羊救助站，但是由于藏羚羊的数目大量减少，目睹藏羚羊的可能已经极小，只有看各人的运气了。

早上从那曲出发时，我就在心里祈祷，希望见到藏羚羊。

阳光灿烂，气温却在零下4摄氏度左右。汽车经过羌塘大草原、色林措国家自然保护区，又接连翻越海拔五千多米的头二九山口和唐古拉山口，一路上不见任何野生动物。我心里开始有些失望。

唐古拉山口，海拔5231米

车过雁石坪，进入青海省地界。眼前就是大名鼎鼎的通天河，新旧两座大桥平行横跨河道，旧桥已经废弃不用。

再向前，黄色的沱沱河由远而近。河边矗立着一块巨大的花岗岩石碑，上面刻着江泽民主席题写的"长江源"三个大字。不远处，一幅巨大的广告牌上写着："保持水土，拯救人类文明。"

忽然，我发现前方山头有几只羊在奔跑，它们速度飞快，不像是家畜。停车下来，才看清是一头体形硕大的黑色野狗在追赶黄羊。这时我们已经进入五道梁自然保护区，雪地上到处是动物留下的足迹，这让我欣喜激动起来。我跳下车，手握成喇叭状，"啊——"拖长声音对野狗大声吼叫。野狗站下来恶狠狠地注视着我们，黄羊边跑边回头张望，一会就消失不见了。

青藏公路蜿蜒四千多公里，五道梁海拔不足五千米，并不是途中最高的地方，可它是昆仑山与唐古拉山之间的大风口，一年四季大风不断，六月飞雪，四季棉袄，地面是盐碱土，地下是苦涩水。许多身体强壮的人经过此地也会头疼胸闷，连那些被称为"钢铁战士"的青藏线运输兵，也以"五道梁上抛过锚，青海湖里洗过澡"代称最艰苦的考验。

突然，我眼前一亮——一只雄性藏羚羊出现在雪地上！它的背部呈红褐色，腹部为浅褐色，四肢匀称而又强健。发现我在注视它，它并不躲闪，也不惊慌，扬起竖琴状的长长犄角转过身来。刹那间，我感到这个可爱的生灵完全能感悟人的善心与杀意——在经历了无数的杀戮后，这种原本种群庞大的生灵数量从上百万急剧缩减到几万，濒临灭绝的威胁使它们变得异常敏感，稍有风吹草动，就会立刻如箭一般飞驰逃遁，瞬间消失得无影无踪。

不一会儿，又出现了三只藏羚羊，接着又来了一只。我觉得它们

藏羚羊

之间传递着某种信号，它们似乎可以用无形无声的方式告知同伴：这里安全。五道梁大风、酷寒、咸水、缺氧，是人类惧怕的地方，而藏羚羊却选择在这里繁衍生息，尤其是藏羚羊救助站在此建起以后。我想，这也许是为了躲避人类疯狂的追杀，让种群多一点生存的希望。

我静静地站在山梁上，看着藏羚羊吃草、饮水，思绪万千，久久不愿离去。人才是世界上最凶猛的动物，地球上亿年积累的资源，人在几百年甚至几十年内就能疯狂地掠夺殆尽。人呀，你占据了世界的大部分资源，为何还如此贪婪，甚至不肯为其他生灵留下这荒僻的一席之地！

我们再次上路，黄羊、野驴等野生动物接连不断地出现，在我的镜头里姿态万千。有一次我几乎触摸到野驴漂亮的鬃毛，它们自在安

可可西里的野驴

宁的神情令我惊喜万分，内心充满了温柔的暖意，觉得与它们相遇是一种幸运。

黄昏，斜阳如水，慢慢把白雪皑皑的昆仑山染成金色。碧蓝的天空渐渐淡下来，又抹上一缕橙黄，洒上一层银光。绵延的高寒草原上，小海子星星点点，倒映着雪山和草地，变幻着透明的光与影，挥洒着高原的大气磅礴，抒发着野性中的温婉，粗犷中的细腻，荒凉中的静美：可可西里的黄昏有着无与伦比的绮丽。站在这里，我忽然明白了为什么有人不远千里来到这里，为什么有人愿意为她付出生命。可可西里，为你付出，值得！

我们走走停停，单车行驶在路上，看着太阳落山，夜色慢慢笼罩山川，却丝毫没有恐惧和担心。刚翻过昆仑山口，不巧汽车出故障了。这里是一个下坡路段，必须找石块垫在车轮下，以免溜车。没想到，要从这儿的泥土里抠出一块小小的石头都很吃力。原来泥石已经紧紧冻在一起，即便它露出大半个头也难以搬动，这时我才真切地体会到"冻土层"的含义。这时气温降到零下10摄氏度，不一会，我们就感到手脚疼痛僵硬，而且由于空气稀薄，稍微多动几下就气喘吁吁，心脏"咚咚"狂跳，透不过气来。我们努力了好一阵，依旧无法解决问题。四十多分钟以后，救援的车终于赶到，我们总算脱离困境。

离开昆仑山口时，我抬头一望，只见群星闪耀。星光下，昆仑山顶发出幽蓝色的光亮，一条银河般的光带在雪山与星空之间蜿蜒而出。

也许正是昆仑山要留我看这一奇景。

我举起有些冻僵的手，对着昆仑山和苍穹祈祷：保佑可可西里吧！让这里所有的生灵，这里的一山一水、一草一石，都有一个祥和安宁的生存空间！

可可西里

盐山·青海

　　出格尔木市不久，就进入中国三大内陆盆地之一的柴达木盆地。
盆地里是一片荒原，戈壁茫茫，看不到尽头。举目远望，四周高山环
绕，绵延不绝：南为昆仑山，北为祁连山，西北为阿尔金山，东为日
月山。它们将柴达木盆围绕其中，从空中俯瞰，像一个巨大的月牙。
柴达木盆地缺乏淡水，呈现荒漠景观。而且，非常特别的是，盆地里
不少地方远远看去一片雪白，让人以为是昨夜留下的霜雪，走近才知

茶卡盐湖远眺

是白花花的盐碱地。因为土壤盐碱度太高，大多数植物无法存活。不过，有一种植物却非常顽强地扎下根来，这就是红柳，一种看起来很不起眼的低矮灌木，茎为枣红色，叶子为墨绿色且非常细小。在汉地，它可能会被当作荆棘杂草，但在这里，它却是上苍特地为贫瘠的盐碱地留下的补偿——红柳不但可以保持水土，其茎还能用来编筐、制作农具，还是很好的燃料。

翻过几道山梁，随着海拔增高，荒漠景观越来越明显。走着走着，忽然看见远处闪烁着一片耀眼的银光，极是炫目，让人有些睁不开眼睛。靠近了才知道这是一个巨大的盐湖，名叫茶卡。"茶卡"是藏语，意思是"盐池"，也可以译为"青盐的海"。

茶卡盐湖位于青海省海西蒙古族藏族自治州乌兰县茶卡镇，是柴达木盆地有名的天然结晶盐湖，盐粒晶大质纯，盐味醇香，是理想的食用盐。茶卡盐湖是柴达木盆地四大盐湖中最小的一个，但却是开发最早的一个，已有三千多年的开采史，早在西汉时期，当地羌族人就开始在此采盐食用。《汉书·地理志》记载："临羌西北至塞外，有西王母石室，迁海、盐池"，注曰"……迁海今曰青海，蒙古曰库克诺尔，盐池在其西南"。这个"盐池"就是茶卡盐湖。清代，茶卡盐湖出产的盐被朝廷列为贡品。因其盐晶中含有矿物质，微呈青黑色，故称"青盐"。

茶卡盐湖是地壳运动留下的遗迹。青藏高原很早以前是海洋的一部分，经过长期的地壳运动，地势抬升，变成了世界上最高的高原，而古海水留在了一些低洼地带，形成了许多盐湖和海子，茶卡盐湖就是其中一个。

走近茶卡盐湖，不禁被湖边如雪山一般矗立的盐山震撼。巨大的电动传送带源源不断地将湖中的盐送到湖边，堆积起来。这里的盐不

茶卡盐湖中游弋作业的采盐船

像内地的井盐，需要取卤水烧制；也不像海盐，要以一块块盐田晾晒。高原炽烈的阳光，使湖水迅速蒸发，在湖边、湖心岛上不断堆砌起结晶盐层。现代化的大型采盐船在湖中游弋作业，只消将最上面一层有杂质的盐去掉，剩下的就是白花花的上等食盐，绿色无污染。

茶卡盐湖的盐似乎取之不尽。盐湖总面积105平方公里，大小相当于十个杭州西湖。一遇大雨，周围戈壁和山坡上白花花的盐土，就顺水而下，流入湖中，源源不断地补充茶卡盐湖。

父亲曾给我讲过一段有关茶卡盐湖的有趣往事。当时有几个战士，第一次看到盐湖时，不禁被如山的白盐惊呆了。他们小时候生活在贵州某严重缺盐的山区，从小老人鼓励他们时就会说："盐巴金贵，将来你有出息了就可以随便吃！"而茶卡周边的盐可以任意拿取，只要有力气搬运就行。于是他们便各自用一条军裤，扎了裤腿和裤腰，装满盐，准备带回家乡让父老乡亲们开开眼。哪知这么多盐的重量将火车上的行李架压断了，这几个战士赔偿了近两个月的津贴，心疼了好久，还被战友们拿来打趣取笑了一阵。

离开茶卡不久，便远远看见碧蓝的青海湖。湖水蓝得透明，蓝得发光，蓝得无瑕。青海省的名称就源于青海湖。青海湖古称"西海"，又称"鲜水"，蒙古语名为"库克诺尔""库库淖尔"(音)，意思是"青色的海"；藏语称"错温波"，意思是"青色的湖"。青海湖既是中国最大的内陆湖泊，也是中国最大的咸水湖，由祁连山的大通山、日月山与青海南山之间的断层陷落形成，湖水面积达四千多平方公里。湖中有许多岛屿，其中最有名的就是位于刚察县的鸟岛。鸟岛西边的小岛叫海西山，也叫"蛋岛"，每逢产卵期，岛上的鸟蛋一窝接一窝，密密麻麻连成一片。

青海湖周边还有许许多多湖泊，湖里有很多天鹅。父亲说那时部队途经这里，当地老乡抬了几大筐天鹅蛋前来慰问。我想起来就觉得奢侈！父亲却只是淡淡地说，跟鹅蛋的味道差不多。

我们刚到青海湖边就被一大群绵羊堵住了去路。它们对主人的吆喝毫不在意，围在我们车周围探头探脑，不时发出"咩咩"的叫声。不一会，前后就堵了好几辆大货车。司机们也不着急，从窗户里探出脑袋看牧羊人赶羊，不时还被满地乱跑、与主人逗乐的羊群逗得哈哈大笑。

于是我们干脆下车走到湖边溜达。风呼呼地吹来，虽然阳光灿烂，但依旧感到寒冷刺骨。我不由裹紧围巾。

望着眼前平静的湖面，我想起了唐时由此入藏的文成公主——这里，正是当年唐蕃古道的必经之地。这位经历奇特的女子名叫李雪

在这里牛羊是老大，所有的车辆都自愿为它们让道

雁，是唐皇室的远支，任城王李道宗之女，从小聪慧美丽，知书达理，心地善良，信仰佛教。公元641年，十六岁的李雪雁奉唐太宗之命，远嫁给吐蕃赞普松赞干布。她是唐朝皇室与边疆少数民族和亲的第二位女子，在她之后还有十四位皇室公主远嫁给奚、吐蕃、契丹、回纥、南诏等少数民族部落首领。和亲大约是中国一个比较特别的现象，起于西汉，延续至清代。两千多年来，中央王朝一直喜欢以这种联姻的方式与边疆少数民族部落保持友好关系，避战言和。

传说文成公主走到日月山，见前方雪峰绵延，身后长安早不见踪影，禁不住倍思故乡，潸然泪下，便拿出太宗皇帝赐给她的能够照出家乡景象的日月宝镜。然而这时，她想起了自己的使命，于是毅然将日月宝镜扔出去，没想到那宝镜落地时闪出一道蓝色的光亮，转眼变成了青海湖——我们面前这广阔而美丽的湖泊。

这是一个美好的民间传说。不过，事实更可能是，文成公主走到这里时，既不适应高原气候，也非常思念故乡。这种心情，我们不难理解，何况国家利益还担在她这样一个弱女子的肩上？那时，离开长

青海湖

安去和亲，便意味着与亲人永别，终老他乡；还必须学习不同的语言、生活方式、习俗礼仪，取得丈夫、家族以及百姓的喜爱和信任，由此免除战争，维护民族团结。一些和亲公主因为难以适应不同的文化与生活方式，终生郁郁寡欢。西汉第一位远嫁乌孙的公主刘细君，丈夫死后，其孙遵照当地风俗，又欲娶她为妻。细君不肯从命，上书皇帝，希望得到娘家人支持。哪知皇帝回复："从其国俗，吾欲与乌孙共灭胡。"细君无奈，只得遵从，最后老死乌孙，终生不曾归汉，只留下哀婉思乡的诗句，令人扼腕。

　　文成公主是幸运的。前来迎接她的弘化公主给了她很大的安慰。弘化公主比文成公主早一年和亲来到吐谷浑，做了河源郡王、吐谷浑首领诺曷钵的妻子。宗室姐妹千里之外相见，自是悲喜交加，千言万语也说不尽。除此之外，松赞干布对她也宠爱有加。《旧唐书》卷一百九十六上《吐蕃传》载："贞观十五年，太宗以文成公主妻之（松赞干布），令礼部尚书、江夏郡王道宗主婚，持节送公主于吐蕃。弄赞率其部兵次柏海，亲迎于河源。见道宗，执子婿礼甚恭。既而叹大国服饰礼仪之美，俯仰有愧沮之色。及与公主归国，谓所亲曰：'我父祖未有通婚上国者，今我得尚大唐公主，为幸实多。当为公主筑一城，以夸示后代。'遂筑城邑，立栋宇以居处焉。"除专程到河源迎接公主外，松赞干布还修筑城邑，雕梁画栋，供公主与自己居住——这就是后来举世闻名的布达拉宫。

和亲政策的效果与和亲公主本人的活动有很大关系，如西汉王昭君出塞，不但能够"从胡俗"，而且毕生致力维系匈奴与汉朝的和睦，被尊为"宁胡阏氏"，极大地促进了民族之间的和谐安定。文成公主进藏的成效也十分显著。受文成公主的影响，"弄赞……渐慕华风，乃遣酋豪子弟，请入国学以习诗、书"。高宗即位后，授松赞干

青海湖边辽阔的牧场

布驸马都尉，封西海郡王。而松赞干布又请求高宗派蚕桑、酿酒、造纸等各种工匠到吐蕃，高宗一一准奏。这些都有力地推动了藏地经济和文化的发展。

文成公主一生致力维护吐蕃与唐朝中央政府之间的密切关系，给藏族百姓带来了福音，故藏族百姓深深怀念她，不但在大昭寺里供奉她的塑像，还在很多地方还专门建了文成公主庙。在拉萨时，梅告诉我，一些家长在孩子考大学之前，要带子女一起去文成公主像前烧香许愿，据说非常灵验。文成公主在藏族人民心目中已成为智慧的化身。在藏地一些寺院参观，常常会听到这样的介绍：我们保留有文成公主留下的佛像。言语间充满自豪。

我挥手与青海湖作别。希望它永远是碧波荡漾的青海。

说不尽的强巴林寺

强巴林寺是昌都的标志之一。寺庙因供奉着一尊规模宏大、造型优美的强巴佛而得名。"强巴佛"翻译成汉语就是弥勒佛。弥勒信仰一度是中国最流行的佛教信仰，开凿于唐代的世界第一大佛——乐山大佛，是那一时期的佛教造像代表，也是那一时期弥勒信仰鼎盛的见证。

昌都强巴林寺历史悠久，建筑气势恢弘，僧侣众多，不但是昌都第一大寺院，也与拉萨的三大寺齐名。过去我就听到过许多关于它的传闻：迷宫般的建筑，古老的祭祀礼仪，几大活佛世系，等等，众说纷纭，是是非非，笼罩着一层神秘的色彩。

在昌都饭店住下后，我从房间的抽屉里找到一本旅行画册。画册介绍了当地有名的景点，强巴林寺位居其首，还有两家旅行社的联系方式。可是我照上面的电话号码打过去，却不是忙音，就是空号，心里一阵奇怪。仔细一看小册子背面右下角，竟然是2004年印刷的资料，已经时隔七年，我不由哑然一笑。下楼到大堂服务台打听，方知昌都城里目前没有旅行社，原有的两家皆因游客太少、难以经营而关闭。服务小姐告诉我们，若要在昌都周围旅行，除了自驾车，只能乘公共汽车加上徒步，运气好时可以搭牧民的拖拉机、摩托车，或者骑马。这是在藏族地区不少地方旅行的普遍状况，我多次游历藏地，对此并不感到奇怪。我向她打听强巴林寺的情况，她告诉我，最好有当地朋友带领，否则容易迷路，因为寺院太大，占地三百多亩，而且还听说这寺是地上院中有院，地下暗道纵横。

我谢过她，返回房间。想到在藏地旅行不能贸然行动，这是实践得出的经验和教训，只好打电话求助远在康定的朋友。这位朋友极是神通广大，立刻将此事托付给昌都的一位朋友。第二天上午，两位年轻精干的藏族小伙子便前来陪我们游览强巴林寺。他们热情周到，说起寺院如数家珍，我敢说没有哪一个导游能像他们那样对强巴林寺有深入的了解。两位青年，一位叫向巴，一位叫土登。尤其是向巴，他的家族与强巴林寺有深厚的渊源——他的外公洛松江村，少年时就在强巴林寺出家为僧。

强巴林寺素以佛教五明学习严格而著名。除此之外，每到酥油花供灯节期间（藏历正月初一到十五），寺里还要举办传统的神舞表演，祈福驱魔，庆贺丰收。表演者头戴彩绘牛皮面具，身着华丽的服饰，载歌载舞，场面十分宏大，围观者常常超过几千。最后舞者与观众共同歌舞，如山呼海啸，似掀起一种极有震撼力的精神狂潮。强巴林寺的神舞也因此在藏地极富盛名，每年许多人不辞劳苦，跋山涉水，来观看这一盛况。

洛松江村似乎天生具有艺术表演禀赋，到强巴林寺不久就成为神舞表演的佼佼者。不过，二十世纪六十年代，"文化大革命"使二十七岁的他还俗离开了强巴林寺。因为能歌善舞，他成了县民族歌舞团的一名演员。

在藏地，出家人有较高的地位，即便还俗，也依旧受到尊重。一位美丽的女子嫁给了洛松江村，而这个女子的家族，与强巴林寺有悠远的渊源。

原来，在强巴林寺建成以前，其地是一位千户长的草场。公元1444年，宗喀巴大师的弟子向生·西绕松布按照师父的意愿，欲在此建庙，便向千户长讲经化缘。千户长就将自己家的草场奉献出来作为建寺之址。后来千户长的家业不断扩大，家人认为这是布施福报，更加虔诚供奉，成为强巴林寺最大的施主。

洛松江村的妻子就是这位千户长的后裔。二人婚后生下两个儿子、一个女儿。女儿就是向巴的母亲，而两个儿子中的一个，后来又到强巴林寺出家为僧——这既是洛松江村的心愿，也是他儿子自己的选择。

真实的经历比任何优美华丽的解说词都打动人。我庆幸能与向巴相遇。

车刚驶过大桥，远远地就看见一片气势恢弘的建筑群屹立于半山。建筑群红白相间，顶端金光闪烁，在蓝天白云的衬托下耀眼夺目。向巴介绍道，那就是强巴林寺，最盛时期僧侣达三四千人，有分寺一百多座，遍布昌都、林芝、那曲等地区，是东藏格鲁派最大的寺院。格鲁派是中国藏传佛教最重要的宗派之一。藏语"格鲁"意即"善律"，该派强调严守戒律，寺院有严密的管理制度，故名格鲁。

清朝乾隆年间，强巴林寺第六世活佛帕巴拉·济美丹贝甲措受到朝廷的册封，以后帕巴拉活佛世系遂成为强巴林寺第一大活佛。十一世活佛帕巴拉·格列朗杰曾任全国人大常委会副委员长、全国政协副主席等职。

跨进强巴林寺大门，出乎我的意料，宽敞的大院里十分安静，几只大狗惬意地躺在地上晒太阳，即使有人从身边经过，也不过是半睁开眼睛，懒洋洋地打量一下，又继续享受温暖的阳光。右侧大殿二楼，几位僧人正在诵经，抑扬顿挫，其中一位壮实的中年喇嘛声音最是特别，似乎一人能同时唱出多个声部：声带有时振动，有时不振动，低音声部粗壮浑厚，高音声部带有金属声，很像蒙古族人的呼麦，久久回荡在布满精美壁画、唐卡的大殿中，萦绕在栩栩如生的佛像之间。

　　跨出大殿，我正暗自奇怪寺中众多的僧人为何不见踪影。这时，我忽然感到左边眼角处闪过一阵红光。转过身，一幅令人震撼的场面出现在我眼前。只见几百名身穿绛红色僧衣的喇嘛，头戴黄色的鸡冠帽，悄无声息、井然有序地走进大门——他们刚结束了今天的辩经，回到寺院。

强巴林寺僧众

辩经是藏传佛教教学中的特色，一名有成就的佛学者必须具备善讲、雄辩、著书等几大要素。从古至今，大德高僧莫不如此。所以在寺院修习的过程中，辩论是必修之课。

辩经有一定的原则和逻辑，不是愤怒之下的争执，而要求辩论双方语言流畅，简明扼要，深入浅出，言之有据，符合逻辑，通过反复辩论，达到深刻理解佛教玄妙义理、增进思辨、融会贯通等目的。

转眼间，宽敞的大院红彤彤一片，如同夕阳下涌动的潮水。这时大殿门口一个僧人敲响了铜锣，僧人们立刻就地脱掉靴子，赤足踏上青石台阶，鱼贯而入，跨进大殿。当最后一抹绛红色飘进大殿，殿门随即关闭，整个过程只有几分钟。宽敞的大院里又恢复了先前的安静，让人有些恍惚，不相信眼前发生的一切。

强巴林寺辩经场

我愣愣地注视着大殿，满脑子还是刚才的景象。向巴在一旁说，强巴林寺的戒律严格，每天都有铁棒喇嘛在街上巡查，一旦发现寺僧违反戒律，就会给予严厉惩罚。

　　我问，昌都街头往来僧人众多，如何能分辨彼此？向巴指着地上僧人们脱下的靴子告诉我，仅从鞋上便能辨别一二。强巴林寺僧人只穿这种简洁朴素的传统藏靴，从不穿时尚的皮鞋和运动鞋。靴腰上扎有带子。并且他们是赤足穿靴。我这下才弄明白刚才那些僧人脱掉靴子后为何皆是赤足不穿袜子的缘由。

　　去藏地之前，我刚参加了一个全国性的弥勒文化学术研讨会，对强巴林寺略有了解，知道该寺在经律的基础上，经常开展三十仪轨和五部大论、各类大小起座对辩、游学辩经等佛教学术活动。如今精通五部大论等显密教理的高僧并不多，而强巴林寺却有好几位这样的佛学大师，这是该寺在藏地声名远播的又一个重要原因。

　　看过几重大殿和金碧辉煌而又神秘的坛城后，我来到后院。走过几排寮房，只见房前屋后格桑花、大丽菊竞相开放，粉红、深紫、嫩黄、大红、洁白，五彩缤纷，高原强烈的阳光和昼夜极大的温差，使花朵格外艳丽硕大，给庄严的寺院平添了一份人情味和亲和力，让人感到诸佛的世界与芸芸众生是这样的贴近。

　　寺院很大，我来不及一一细看。放眼望去，经堂内的佛像数以百计，上千平方米的壁画、众多的唐卡布满墙壁，真是令人叹为观止！

　　向巴告诉我，宗教政策落实以后，强巴林寺得以修缮扩建，他的外公与几位还俗的僧人不遗余力地向年轻的僧人传授神舞的技艺，使之得以传承并发扬光大。洛松江村晚年也获得了国家级非物质文化遗产——昌都锅庄传承人的称号。

　　走出寺院大门，我才看清强巴林寺坐落在昌都城最高的一块台地

幽深的精神天国与世俗生活息息相通

上。站在这里，昌都城尽收眼底。昂曲河和杂曲河在山脚下交汇，汇成著名的澜沧江，向南奔腾而去。几座大桥横跨江上，如长虹卧波，使这座居于横断山腹地的高原之城有了飞翔的气势。

昌都是从四川进入西藏的必经之地，然而在1950年之前，这里只有一座简易的木桥，叫四川省桥，夏季洪水来临时常常被冲毁，周边的百姓渡河多是依靠牦牛皮做的小舟，一次只能乘坐五六个人，交通极为不便。直到昌都战役结束后，才修筑了公路桥。

我父亲亲历了著名的昌都战役。1950年10月初，十八军进军西藏，在昌都受到地方顽固势力的阻击。部分藏军企图凭借滔滔澜沧江负隅顽抗。十八军迅速在邓柯（属四川省，1978年建制撤销，辖区分别划入石渠、德格两县）、德格、巴塘横渡金沙江，又在类乌齐、丁青、恩达实施大包围，再控制邦达等地，切断藏军的西逃之路。十八军在十四天内急行军七百多公里，将昌都城团团围住。父亲所在的

由解放军第十八军修建的昌都第一座大桥——四川桥

五十二师一五四团三营从邓柯渡强金沙江后，正面直扑昌都城。

不久，驻扎在宁静（今芒康）的九代本格桑旺堆宣布起义投诚，而刚到昌都上任的地方行政长官阿沛·阿旺晋美则率部下撤到四十多公里以外仁达山谷中的朱古寺，该寺是强巴林寺的分寺之一，四周密林环绕，非常隐蔽。昌都城内群龙无首，一些无赖趁火打劫，全城陷入混乱之中。为使百姓免遭涂炭，年仅十多岁的强巴林寺十一世活佛帕巴拉·格列朗杰，毅然带领几名僧人，手捧洁白的哈达，到河边迎接解放军。接着，在朱古寺的阿沛·阿旺晋美派人与解放军联系，并令所部全部放下武器。

父亲回忆说，那些枪炮堆得如小山一般，一旦打起仗来，不知多少人会丧命！当时部队给养跟不上，战士们常常挨饿。战役结束后，每人怀揣两个元根（一种很小的萝卜）进城。为了尊重民族习俗和信仰，部队在"三大纪律八项注意"之外，还增添了很多特别的规定，诸如不许捕鱼、不得进入寺院、绕开玛尼石行走，等等。

昌都战役为西藏和平解放拉开了序幕，强巴林寺在其中留下了浓墨重彩的一笔。

我们下山时，接二连三的电话催促向巴返回。除了工作，最让他担心的是外公生病了。分别时，他说若不是外公病重，老人家一定很愿意见见我这个十八军的后人，漫话六十年前的强巴林寺和昌都。我祝愿他的外公早日康复，并在心里默念：强巴林寺，我还会来，为了那些说不尽的故事。

昌都老街上即将拆除的老屋，从这里依稀能看到一点昌都的旧貌

极乐与地狱

在昌都，我无意间看到一幅奇特的照片，不禁被深深吸引：峭壁直插云霄，顶端逐渐相连，形成一座天然石拱桥，两边岩石上错落有致地悬空挂着几排房屋，附近还能隐隐看到一些洞穴。四周异峰突起，挺拔险峻，怪石嶙峋，整个画面弥漫着野性和神秘。

一打听，才知这是位于丁青县觉恩乡的孜珠寺，海拔四千八百多米，是西藏最古老的苯教寺院之一，也是保存最完好、规模最大、仪

梦境中的孜珠寺(作者手绘)

轨最完整的苯教寺院。寺中不但系统讲授苯教经典，还传授包括古老而又神秘的苯教无上瑜伽在内的各种修习方法。

这让我一下来了兴致。苯教是产生于西藏的本土宗教，它的历史可以追溯到三千多年以前。古时藏族的先祖们长期遭受自然灾害和瘟疫的侵扰，期望得到神灵的帮助，摆脱苦难，于是逐渐产生了带有巫术性质的早期原始宗教，也就是苯教的雏形。

在佛教传入中国以前，苯教一度是西藏最有影响的宗教，藏语称之为"本波曲鲁"。后来苯教势力逐渐萎缩，如今只有在比较偏僻的地方才能看到它的踪迹。丁青是苯教寺庙和教徒最多的地区。

"孜珠"是藏语，意思是"六座山峰"。苯教为什么会将这里作为最后的精神家园？是神灵的旨意，还是人力所致？

我查阅了一下地图，从昌都到丁青大约三百七十公里，中间要经过类乌齐县，于是改变了在昌都停留的计划，驱车前往丁青。

出昌都县城（今卡若区）二十公里以后便是狭窄的泥土盘山公路，好在往来的车辆很少，不至卷起滚滚尘土，阻碍我们欣赏山间层林尽染的秋色。行至半山，远远看见对面茂密松林中露出红墙金顶，颇有些超然于红尘之外的宁静，那正是朱古寺，也有人翻译成朱角寺、朱噶寺等。六十年前，阿沛·阿旺晋美就是在这里下令二千七百多地方武装放下武器，起义投诚。往事如烟，唯有苍松白云笑看古今。

山路越来越窄，每当对面有车驶来，我们远远就得开始减速，并主动退到相对宽一点的地方。在藏地行走，很少看到驾驶员因为抢道、擦刮而恶语相加，大打出手，以致非得由交警出面解决。这里没有交警，有时甚至很久都看不到一个行人，遇到困难，大家都是互相帮忙，彼此照应。后来在雪集拉山，我们的车轮滑入沟里，就是路过

朱古寺是昌都战役的一个转折点。当时昌都地方最高行政长官阿沛·阿旺晋美就是在此正式向解放军投诚的

的大货车司机、骑摩托的僧人齐心协力，帮助我们摆脱困境的。在自然环境恶劣的地方，人际关系反倒变得单纯。

到达类乌齐县城时已是下午五点，再往前只有走夜路，而在人生地不熟的地方，这显然不明智，只好找旅店住下。我又一次反省：在藏地，不能按地图标注的里程计算路途所需时间。

县城很小，只有一条主街，冷冷清清。推行义务教育的大标语在街道上空飘荡。在藏地的许多地方，动员家长让孩子完成基础教育还存在难度，尤其是在边远牧场和大山之中。

行走街头，目光所到之处，都能看到身着绛红色僧衣、结伴而行的喇嘛和觉姆。忽然想起，父亲曾说六十年前他路过这里时，印象最深的就是喇嘛很多，几乎三四个男人中就有一个。类乌齐县面积5870平方公里，人口只有3.5万，如今出家人的具体数字我不知道，但推测比例一定不小。

我接连向三个人打听去孜珠寺的路，可是都一无所获。我心想，既然是寺院，出家人也许应该了解一些。哪知问了几个喇嘛，不是摇头，就是回答"哈莫果"（藏语，"不懂"）。一条街走完，没有问出任何结果，倒是把"哈莫果"这个词牢牢记住了。

正失望间，一个小伙子出现，热情地将他听说的情况一一告知我们。原来此去孜珠寺有二百多公里，土石路面，越野车需要四个多小时，山上无法解决食宿。说话间，他的一位朋友走来，是位女子，名叫扎西泽珍。她显然受过良好的教育，能讲一口流利的汉语。得知我们准备去孜珠寺，她立刻表示想搭车前往，这是她一直向往而未实现的愿望。还说她父亲与寺中一位活佛熟悉，到时可以领我们参观，并请活佛为我们讲解一二。

类乌齐县城。这天恰好是国庆节，孩子们要赶去参加升国旗仪式

这让我喜出望外。交谈中，我得知孜珠寺每十二年（每逢鸡年的藏历六月十五）就要举办一次盛大的宗教祭祀活动，其中最具特色的是上演裸体神舞剧《极乐与地狱》。僧侣们头戴面具，裸体彩绘，在身上勾画出各种奇异的图案，以原始古朴的舞蹈展现因果报应的种种故事，恶人在地狱中所遭受到的各种折磨，意在劝告世人行善积德，关爱他人，不做恶事。目前，整个藏族地区唯有孜珠寺还保留着这种裸体神舞的表演形式。有名的丁青热巴舞就起源于此，并因此而带有一种不可言说的神秘感。不过，去过孜珠寺的人极少，虽然它离这里并不远。至于为什么，我不得而知，仿佛那里包藏着说不清的秘密。

　　分别时，扎西泽珍说待她向父亲问明去孜珠寺的详情，就立刻与我联系。很快，她就给我回电，说那里路况不好，除了四个小时车程，还需要徒步登山一个多小时。另外，她父亲还特别嘱咐我们最好找当地熟悉路况的司机，否则十分危险。同行的人立刻犹豫起来。川藏线一路的险象历历在目，大家都担心有什么闪失。我把这一情况告诉扎西泽珍，她却毫不气馁，在电话那头一阵鼓动，再次让我燃起信心，决定明天一早上路。

　　然而，晚上在一家小餐馆里吃饭时，一件意想不到的事最终还是使我们改变了主意。大家正在吃饭，一辆浑身上下糊满厚厚的泥土、已经辨不出颜色的越野车在门口停下。一个满脸惶恐不安的男子冲进来，急切地问道："往昌都的路好走吗？我已经害怕往前走了……"

　　原来，这一行人之前是从云南由滇藏线进藏的，经芒康、波密、林芝到了拉萨。回程原计划沿青藏线出藏至西宁，然后再由甘肃玛曲进入四川若尔盖。然而，走到那曲时，他们在当地找到一份地图。从这份地图上看，汽车可以直接从那曲向东，经索县、巴青、丁青、类乌齐到昌都，只有七百多公里，且从昌都跨过金沙江就进入四川，

通往类乌齐的盘山土石路

比从青海、甘肃绕一大圈要近很多。于是，他们自作聪明，改变了路线。

　　这条路，是二十世纪五十年代末在古驿道的基础上修筑的土石公路，后来加以扩建，称黑昌公路（那曲过去称黑水、黑河），定为国道。可是，如今这条路完全处于年久失修的状态，一路上塌方、泥石流随时发生，路面是大坑套小坑，凹凸不平，泥泞不堪，有时烂泥齐膝盖深，汽车寸步难行。而且，由于人烟稀少，一旦汽车在半路出故障，真是叫天天不应叫地地不灵，好不容易遇见一个人又语言不通。最后，为了保命，一些人不得不弃车离去。踏上黑昌路就像走入绝境。如果说川藏线是危险之途，那么黑昌路简直就是亡命之路！

　　那男子如同他乡遇故知一般，好一顿宣泄，还是惊魂未定，连连摇头，不时夹杂着粗话。得知我们明天打算去丁青孜珠寺，他以不容置疑的口气劝阻道："千万不要冒险，四个多小时根本到不了！再加上还要徒步登山，平原长大的人怎么能按当地人的速度计算登山时间？县与县之间的路尚且如此艰难，何况乡道？"

他的一番话让我们动摇了。我们中间本来就有人因高山反应而身体不适，丁青位置更偏僻，海拔更高，去了不知会有什么后果。争论了好一阵，大家最后决定放弃。

我十分遗憾地把这个决定告诉扎西泽珍。电话那头，她很失望，她已经准备好行囊并向单位请了假。她父亲也认为贸然前去太危险，一再劝阻，她是以有好几个人同行为由，据理力争，软磨硬泡，才让老人勉强同意的。不过，她很快又振奋起来，说2015年就是鸡年，希望那时我能再来西藏，一同去孜珠寺参加十二年一次的祭祀活动，观看传承千年的裸体神舞。

夜里，我久久不能入睡。窗外风声凄厉而悠长，好似狼的嗥叫，忽远忽近，四处飘荡。我打开灯，再次翻看丁青的地图和相关资料。

丁青位于藏东峡谷，藏语意为"大台地"，古称"琼布"，历史上其隶属关系曾多次发生变化，最终留下三十九个部落，故丁青又称"琼布三十九部族"。四周群山起伏，沟壑纵横，海拔五千米以上的山峰有十多座，最高的山峰海拔达6328米，最低处海拔也超过3500米。丁青县幅员辽阔，人口稀少，与外界相对隔绝，即便在今天，也很少有外来游人光顾。它遥远陌生而神秘莫测，艰难的道路、随时降临的自然灾害又使它散发着令人畏怖的气息。我想，苯教将自己隐藏到这片崇山峻岭之中，也许有避世归隐之意，这里也许正是先师用心觅得的修行佳处。

不过，我始终对孜珠寺的裸体神舞以"极乐与地狱"命名感到不解。为何他们要将两个截然相对的概念组合在一起？通过裸体神舞，他们要表达什么？

回到昌都，我有幸获知孜珠寺一位僧人对此的解释："神舞使我们发觉，无论今生与来世，能坦荡面对自己与他人、没有自责和恐惧就是极乐，而内心的邪念与不可示人的折磨就是地狱。"

我心中的疑惑一下冰释，忽然意识到其实孜珠寺并不遥远，极乐与地狱就在每一个人的面前，而选择权则在自己手中。

大山深处的查杰玛

　　虽然取消了孜珠寺的行程，让人有些沮丧，但类乌齐镇的查杰玛大殿还是给了我一份意外的惊喜。

查杰玛大殿如大山深处的一颗明珠，远远就能看见它金碧辉煌的屋顶

类乌齐镇是类乌齐老县城所在地，距新县城三十五公里，沿路向北，可以到达青海囊谦、玉树等地。藏语"类乌齐"的意思是"大山"。向类乌齐镇行进途中，一路风光如画，天高云淡，风中带着牧草的清香。刚收割完青稞的田野里，金黄色的秸秆与山间的绿树就像用刚调好的颜色画上去的，水浸浸地渐次铺染开来。蜿蜒的河流波光粼粼，清澈得让人能一眼望到水底，蓝天上每一丝细小云彩的变化都清晰地倒映在水中。站在水边，人会不忍离去。

类乌齐镇只有稀稀拉拉几排房舍，最高不过两层，这将位于小镇尽头处、高四十八米的查杰玛大殿衬托得更加高大雄壮。查杰玛大殿是类乌齐寺的主要建筑，如今该寺其他建筑已不复存在，唯一恢复重建的就是这座大殿。

类乌齐寺是西藏东北部最有名的噶举派寺院。噶举派是藏传佛教的重要宗派之一。藏语"噶"意为"佛语"，而"举"意为"传承"。噶举派注重密法的修习，而修习密法又必须通过师徒口耳相传，故该派是以领受语旨教授而传承的教派。噶举派派系较多，但教义教规大体上一致。类乌齐寺的传承体系源于西藏林周县达隆寺（建于公元1180年），故属于达隆噶举派。

查杰玛大殿初建于公元1276年。以后几经扩建，达到今天的规模。整个建筑非常奇特，与我在藏地见到的其他寺院截然不同：长宽高的比例大致为56：51：48，外观看上去近似一个正方体，外墙为醒目的红、白、黑三色。

大殿从下至上共有三层。第一层高十三米多，没有一扇窗户，饰以红、白、黑三色竖条纹，每条宽一米多，每一面墙有三十五条竖纹，故本层俗称"条纹殿"。第二层为红色，俗称"红殿"，高九米，向内缩小。最上层外墙高五米，为白色，俗称"白殿"。白殿之

查杰玛大殿

上，高耸的金顶闪闪发光。从条纹殿到红殿、白殿，渐次向里缩小。上面两层，四方皆饰有上翘的飞檐。大殿将藏、汉，印度、尼泊尔各族各地的建筑风格融为一体，沉稳大气而又丰富多彩。

条纹殿外，满满地围绕着一圈铜质转经筒。这里几乎凝聚了镇上所有的人气。人们聚集在此，一边推动转经筒，一边念诵佛经。转经是当地藏民每天不可缺少的功课之一，尤其是上了年纪的老人，他们认为这样能得到佛菩萨的加持，获得好报。

十几只大狗旁若无人地在大殿附近游荡，要不就躺在地上晒太阳打盹。起初我以为它们是看护寺院的，后来才知是因为信佛的藏民不杀生，这些狗找不到食物时就到寺院等僧人施舍，久而久之，聚集到寺院门口的狗越来越多。

跨进大殿，几十根巨大的柱子引人注目地立在中央，仔细一数有

125

六十四根，每根高约十五米。头顶，明亮的阳光透过天窗照进封闭的大殿。藏式建筑为了保暖和保证安全，底层大多没有窗户，即使有窗也很小，因此建筑内部比较阴暗，而查杰玛大殿则用天窗解决了采光的问题。

几十位僧人盘腿坐在靠墙的藏毯上诵经。我走过去，想询问一下，又担心打扰他们。正犹豫间，一位年轻僧人起身走上前来，指了一下楼上，说了声"走"，便向前而去。我紧跟其后，问："去哪里？"他指了指左侧的一根柱子。我走近柱子，见上面贴了一张纸，画有大殿的示意图，并歪歪斜斜地标着"红殿""白殿"几个汉字。我会意。年轻僧人带我进入左侧的一道门，原来是上楼的通道，前面有几位藏族老人正缓慢地登上很陡的木梯。

我们一行三人刚跨进门，后面又进来一位僧人，用门背后碗口粗的木棒将门抵死。整个楼道立刻暗下来，阴森森的有股寒意。我们不得不小心翼翼，摸索着前行。

登上二楼露台，阳光炫目。两位僧人同时打开三把锁，让我们进入红殿。站了一会，我才又适应了里面暗淡的光线，只见墙上绘满噶举派历代祖师和高僧大德的彩色画像，还以连环画的形式展现了噶举派产生、发展和兴盛的历史。

后面进来的那位僧人能结结巴巴讲几句汉语，不时指着佛像向我介绍，这是莲花生大师、强巴佛、观世音菩萨，等等。这些佛像制作十分精美，粉金丹彩，一些底座上还镶有珊瑚、绿松石、珍珠等宝石。几乎每一尊佛像前都放有信徒们供奉的钱，从一元到百元不等。藏民们供奉寺院历来慷慨，在这世界上海拔最高、自然环境恶劣的地方，佛教给了他们的心灵极大的抚慰。

走着走着，我忽然发现靠墙处堆放着许多鼓鼓囊囊的灰白色塑料编织袋，像一道矮墙一般，一直延伸到走廊尽头。年轻僧人看出了我的疑惑，从一个打开的口袋里抽出一张纸递给我。这是一种特殊的厚纸，色泽靛青泛黑，四角已经磨得皱皱巴巴，有些残缺，上面写满密密麻麻的藏文。文字呈金银两色，闪闪发光。看上去像是古物。

这些文字记载了什么？出于何处？经历了多少年代？我问了一连串问题。年轻僧人无奈地摇摇头，他不会讲汉语。正在为难，一位戴眼镜的藏族老人走过来替他翻译。他告诉我，这是用金汁、银汁书写的经书。查杰玛大殿曾经被毁，十年前恢复重修时，从地下挖出了许多古代经书，这是其中的一部分。

我看着地上不知有几百编织袋的经书，不禁大为惊讶。在那些风雨飘摇的日子里，是谁将它们埋入地下？难道当时他们就预测到将来

重修查杰玛大殿时从地下挖掘出的以金银汁书写的经书

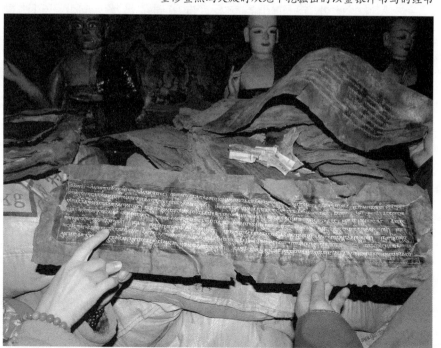

查杰玛大殿会在原址上重修？这些经书是什么年代的？它们由何人书写？无人能解答。

我带着许许多多的疑问登上三楼白殿。这里也珍藏着许多宝物，如格萨尔王的镀金马鞍，他手下大将的马鞍、宝剑，还有三角剑、金刚杵等。

面对这些几乎谈不上有保护措施的财宝，我不禁感叹，若是在汉地，一定少不了梁上君子或者顺手牵羊之辈的惦记。在我的印象中，汉地寺庙不论大小，功德箱必定上锁，哪怕里面只有一些散碎银子。相比之下，这里民风淳朴，人心厚道。藏民进寺院是由于信仰，汉地寺院则往往成为喧嚣热闹的旅游景点：人们对因果的理解完全不同。

走出白殿，在露台上，我再次与那位戴眼镜的藏族老人相会，于是向他请教。因为他对这里的历史颇为了解，而且他是我在这里遇见的唯一能流利地说汉语的人。

老人说，此处有三道山谷交会，向南通往昌都，向北可到达青海，向西经洛隆可抵拉萨，是川藏茶马古道上一个重要的驿站。清朝曾经在这里建恩达县，"恩达"意为"五路口"。除此之外，清朝中央政府还册封寺里的大活佛为"诺门汗呼图克图"，地位十分显赫，并一度让类乌齐寺掌管地方行政事务。那些经书大多是那时的寺僧精心抄录而成的。那时，类乌齐寺下属寺院几十处，遍布青海南部、四川西部，僧人多达六千，直到二十世纪五十年代初，还有两千多人。"文化大革命"中，寺院被毁，附近的老乡偷偷将一些佛像、经书和法器藏到山里或埋在地下。后来寺院恢复重建，这些东西又物归原主。

我大为惊讶，原来类乌齐寺当年竟然有如此崇高的地位。"呼图克图"是清朝授予蒙、藏地区藏传佛教上层大活佛的封号。"呼图克"为蒙古语音译，其意为"寿"，"图"意为"有"，合起来就是"有寿之人"，即长生不老之意。凡受册封"呼图克图"者，名字皆载于朝廷理藩院档案中，其下一辈转世，须经清廷代表、钦差主持金瓶掣签仪式予以承认。根据资料，在清代，昌都地区共有四大呼图克图，即昌都帕巴拉呼图克图，察雅罗登西饶呼图克图，类乌齐帕曲呼图克图，八宿达察济隆呼图克图。类乌齐寺活佛受封"呼图克图"，是在雍正九年（公元1731年）。此前，雍正元年（公元1723年），清廷已赐第一世活佛帕曲·阿旺扎巴"诺门汗"称号。

正说着，两位带我们上楼的年轻僧人也凑了过来。他们都是本地乡间牧民的后代，分别在十三岁、十五岁到类乌齐寺出家，如今已有十年，早已习惯寺院集体互助的生活方式，每天按时作息，学习佛经、戒律。而在此之前，他们都是自由散漫、目不识丁、桀骜不驯的牛场娃。过去，出家为僧被藏族人视为通往荣耀和地位的阶梯，现在这种观念已经发生了很大的变化，但让孩子出家仍是许多家庭的选择。

走出大殿，我加入转经的人群中。大约来此转经的汉人极少，藏民们不断打量我，有的朝我友好微笑，有的侧身让我走前面。转完一圈，我停下，他们也停下，逐渐在我身边围成一圈，并小声议论，好像在看一个天外来客。

后来我才知道，喜欢鲜艳服饰的他们是在推测身穿花棉衣的我是何种少数民族。我取出包里的水果糖分给大家，他们并不推辞。两个年纪稍大的妇女还弯腰伸舌以示尊重和谢意。这种古老的礼仪我只在书里看到过记载，现实中还是第一次目睹。

一个满脸稚气的女子怀抱婴儿靠近。费了一番劲，我才弄明白她今年十八岁，已是两个孩子的母亲。婴儿头顶结了一层厚厚的灰黑色

类乌齐妇女的头饰

胎垢，我很想告诉这位年轻母亲用植物油除去胎垢的方法，以及卫生对婴儿健康的重要，可惜我们彼此不懂对方的语言，无法交流。来这里之前，我在左贡乡间还遇到过一个更年轻就当了母亲的女人，二十八岁已经有五个子女，最大的孩子十五岁，已经上初中。我难以想象这些还是孩子的女人是如何养育自己的孩子的，然而她们怡然自得的表情，又让我觉得自己是杞人忧天。

过了一会，寺里的僧人课诵结束，纷纷走到大殿外宽敞的坝子里晒太阳。他们都很年轻，年龄多在三十岁以下，非常乐意与我们交流。尽管他们大多数不会讲汉语，或者只会结结巴巴说一点，但这不妨碍我们以手势加肢体语言进行沟通。当我提出一同合影时，大家都落落大方，毫不躲闪回避。他们对数码相机照完相后能立刻回放图像特别感兴趣，所以我不得不多次回放，满足他们的好奇心。

　　临别时，一位三十出头的僧人牵着一个五六岁的小男孩走过来。

尽管不会讲汉语，但是他们都很愿意沟通交流

　　小孩圆圆的脸，黑里透红，见了生人有些害羞，躲在大人宽大的僧袍后，却又不时伸出头，眨巴着好奇的大眼睛打量我。

　　原来，这个孩子的父母想让他当小喇嘛，而宗教政策规定必须年满十八岁才能出家，所以父母便将他拜托给一位可靠的法师。这样既可以照顾他的生活起居，也可以让他跟着学习佛经。孩子吃了我给的水果糖后，慢慢消除了拘谨。我问他想不想上学，他只笑不说话。他师父代言道："小孩不懂汉语，也不想上学。不过听师父的话，很乖。"

　　我们时常批评现行的教育制度、教育方式存在诸多问题，然而面对没上学的孩子，还是忍不住深感惋惜，于是极力鼓动孩子的师父让孩子到学校接受更全面的教育。然而，对方含笑不语，我的一番话显然是枉费心机。

　　离开类乌齐镇，我们路过恩达村。新建的牧民定居点是全国性的示范村，房舍鲜亮，整齐划一。正对村口的公路上方横挂着一条"构建和谐社会"的大标语。我忽然感到时代的变化。过去这"山高皇帝远"的边远闭塞之地，如今因为有了公路，有了电视、电话、互联网，也与时俱进了。

红尘之外措普沟

　　去年，我们沿川藏线穿越毛垭大草原，临近巴塘县时，远远望见峡谷中两个如同情侣一般紧紧相依的湖泊。时值黄昏，晚霞和雪山倒映在湖中。湖面虽然不大，但挥洒着苍穹的大气，变幻着绮丽的色彩，令人陶醉。这，便是措普湖。

　　高原的湖泊就像一面变幻无穷的魔镜，无论多么奇特的想象，多么丰富的辞藻，面对它，都会变得苍白，干枯，无力。

措普沟

别人告诉我，穿过措普湖往山里走，进入措普沟，景色更美。我不禁神往。但当时太匆忙，不能前往，遂留下了深深的遗憾。

今年，我们再次途经这里。这一次，我最大的心愿，就是弥补这个遗憾。

在巴塘住下，一打听才知道措普沟尚未开发，极少有人光顾。其中的详情，当地人也多是道听途说，人云亦云。正为难间，援藏来此的朋友向我介绍了格绒英扎。这位四十出头的藏族汉子为人十分豪爽耿直，立马安排第二天亲自陪我们前往。更让我欣喜的是，他对措普沟了如指掌，因为他曾在茶洛乡工作十六年，担任过乡长，而措布沟正好属茶洛乡管辖。

第二天我们从巴塘县城出发。两地相距八十多公里，过了措拉乡便是土石路面，往来行人越来越少。不久，汽车驶入寂静的措普沟，只见两岸青山夹着一弯清澈的流水，初秋的风为大地洒下一缕橙黄，在山间渐次染开。飞鸟间或掠过头顶，鸣叫声传到很远的地方，人甚至能听到它们翅膀扇动的声音。俨然世外仙境！

转过一道山弯，河对岸半山上出现许多平顶木屋，整整齐齐，从半山一排排延伸到河畔。每间木屋大小几乎相同，外墙刷成绛红色，在阳光照耀下十分醒目。我粗略估算了一下，有上百间。四周飘荡的五彩经幡和房屋的色泽提示我，这是一座寺院，但是既无大殿，也无山门匾额，更让人疑惑不解的是所有的门窗都关闭，见不到一个人，也听不到任何响动，静静的，如同无人居住的空宅。后来我才知道这是一处闭关修行的场所，叫亚松寺（音）。

山路渐渐陡起来，远远地传来轰隆隆的流水声。一团团雾气蒸腾而起，如蘑菇云一般飘在半空中，又慢慢弥漫开来。起初我以为是山涧河谷的雾气，可是看看太阳，发现时间已近正午，天空碧蓝，早过

亚松寺

了起雾的时间，便暗暗觉得这雾气有些蹊跷。再前行，一股淡淡的硫黄味随风而来，接着越来越浓，格绒英扎这才告诉我们，前面是温泉地带。

为了解开心中的疑惑，我下车走了一段。突然，我被眼前的景象惊呆了：一个庞大的天然温泉群出现在眼前！狭窄的河谷两岸密密麻麻分布着大大小小的泉眼，有的在半山腰，有的在河水旁，有的在岩洞里，有的在乱石缝中，目光所及，比比皆是。原来，我在沟口看到的一团团雾气，是这里的温泉冒出的蒸气。只见小的泉眼冒着针头大小的气泡钻出地面，中等泉眼如指头一般粗细，最大的泉眼有碗口粗，翻波涌浪，有的甚至喷射到近两米高。泉水顺着山坡往下流，冲刷出一道道沟壑，在灰白色的岩石上留下深浅不同的黄色印迹。

格绒英扎说，这里大小温泉有一千多眼，温度由高到低各不相同，高的十分钟可以煮熟鸡蛋，低的正适合洗澡。沟里的村民不时来这里享受，一边泡温泉一边吃鸡蛋。

正说着，一群牦牛悠然自得地走来，其中两只径自左转，沿简易木桥向河对岸走去。桥头石缝里，一眼温泉向空中喷射，散发出浓浓的水蒸气，如同行驶中的蒸汽火车头。两只牦牛一前一后走进蒸气中，庞大的身影若隐若现，好似在惬意地享受桑拿。

我爬到半坡一眼温泉旁。它就像一锅烧开的沸水，水流汩汩地往外冒，顺着山坡往下流淌。用指尖轻轻触摸一下，烫得赶紧缩回手。不一会，脸上便罩了一层水蒸气，摸上去肌肤柔滑，似乎瞬间使一路的风尘统统褪去。我不由感叹，若是在平原，这些温泉恐怕早被蜂拥而至的都市人消耗殆尽！多亏这片寂静的山谷保护了它，让我有幸目睹它深闺中的容颜。

措普沟温泉蒸汽弥漫

再往前，山谷豁然开朗，出现一片绿中泛黄的草场。蜿蜒的溪流在草丛中闪闪发光，远处山坡上挂满了五彩经幡，下方有两排小木屋。

见我们的车驶来，一位佝偻着腰、身着绛红色僧衣的老年觉姆跨出门来。看见格绒英扎，她十分高兴，叽里咕噜同他聊了一阵，转身从屋里端出半盆糌粑。格绒英扎叫我跟老觉姆往前走，却卖了个关子，不告诉我为什么。

走着走着，一个碧蓝的高山湖泊出现在眼前。在藏地，我见过无数气象万千的瑰丽湖泊，羊卓雍、纳木错、青海湖……因此，虽然这里的湖水清澈、静谧，但它并没有给我惊艳的感觉。老觉姆见我停下，挥手让我继续向前。只见她走到水边，往盆里舀了几勺水，然后一边搅和糌粑，一边咿咿呀呀念起经来，然后示意我将糌粑往湖里洒。

不一会，令人惊讶的事出现了：一群鱼摆动着尾巴，向我们缓缓游来。很快，湖边密密麻麻围了上百条鱼，都是细长的身子，灰黑色的脊背，浑身上下没有鳞甲，大的有近两尺长。

我问老觉姆这些鱼的来历，可她摇摇头表示听不懂。正在这时，一位十四五岁的小喇嘛走来，将手里的一块青稞饼掰碎，扔到湖里喂鱼。他能讲汉语，有一张藏族人少有的白里透红的脸。他告诉我湖里的鱼很多，最大的有近一米长，说着伸开双臂比划了一下，"只是眼下天凉了，大鱼藏到湖心深处不肯出来"。

小喇嘛来自湖对面的措普寺。湖边共有两座寺院，另一座叫日惹寺（音），里面是觉姆。两寺的僧尼都经常布施湖里的鱼，所以鱼儿越来越多。小喇嘛说起这些，脸上荡漾着纯真柔和的笑容，眼睛如同湖水一般清澈。

藏族不吃鱼，使这些鱼得以繁衍生息。如今在汉地，野生鱼类越来越少。往昔乡间清澈的溪流、洁净的池塘荡然无存，人工养殖造成的污染无处不在。加入添加剂的饲料催肥了鱼类，又通过餐桌在人体内继续发挥作用。

与我们相比，藏地的食物单调而又匮乏，但是藏族人依然不捕鱼以满足食欲。这里面，有佛教不杀生观念的影响。另一个原因是，高原上许多湖被视为圣湖，人们认为鱼是水中的神，在湖中洗澡或捕鱼，是对圣湖的不尊敬，会遭到惩罚。所以，在藏地，一些人死后选择水葬，他们认为死者的灵魂会随之回归大自然，或转世复生。

一种观念拯救了一个物种。相比之下，我们更富裕的生活是不是意味着某种残忍，以及对地球的掠夺、破坏？我在想。

布姆曲到汉地读书已经一年多了，依旧不吃鱼。我出于她身体发育和健康需要考虑，建议她多少吃些鱼，可是她拒绝了。最近她所在的学校要求填写一份个人资料，全班五十多个学生，唯有她一人在宗教信仰一栏填上"佛教"两个字，其余同学皆是空白。一些同学还对她的信仰表示不解，在她们固有的观念里，这是迷信。

我沿着泥泞的路走到位于山脚下的措普寺。还未进大门，一只雌鹿就从旁边的木围栏里探出头来，打量着我。我走过去，见内中有两只鹿，雄鹿的角只剩一只。三四个藏民坐在地上，一边晒太阳，一边看梅花鹿。雌鹿见我走近，也不躲闪，亲热地用鼻子在我身上嗅。我从口袋里拿出一粒水果糖喂它，它似乎很开心。我刚转身，忽然感到脸上被一道湿漉漉的东西扫过，原来是鹿伸舌头舔了我一下。

我吓了一跳，条件反射般的跳开，鹿被我惊得也向后一闪。一个晒太阳的藏民纵身上前，用结结巴巴的汉语说："不怕，它喜欢你。"说着双手搂住雌鹿的脖子，似乎在安抚它。雌鹿安稳下来，伸出舌头

措普寺救助的幼鹿

舔他的脸。他很享受鹿的亲吻，嘿嘿直笑。

我将口袋里的水果糖分给几个藏民，哪知他们都舍不得自己吃，却仔细剥开喂鹿。原来，这两只鹿是几年前一位牧民在山上采药时捡到的病弱幼鹿，送到寺院放生，以后经常有牧民过来帮助照料。如今鹿已经大了，不需要他们照料，但他们仍然经常来，只为看看鹿。有时，他们还约乡邻一起来看。我这下才理解他们为什么一直坐在地上看鹿，也许鹿与他们已经是不需要用语言交流的朋友。

在措普寺里用过午餐，我与格绒英扎再次转到湖边。一个用马驮着几根木料的老乡见了他，高兴地拉着他，盛情邀请他去家里喝酒，两人在路边聊了好一阵。老乡离开后，格绒英扎告诉我，二十世纪九十年代，国家规定牧民要为每头羊上缴一斤酥油作为农税，当时一些牧民便少报养殖数以避税。这个牧民称自己家里只有六十只羊，格

措普沟风光

绒英扎觉得不对，在他印象里，这家人草场上的羊远不止这个数，于是亲自跑去人家羊圈里挨个数，结果真只有六十只。格绒英扎心里虽然疑惑，但眼见为实，也无可奈何。事后老乡请他到家里喝酒，酒酣之际吐真言："乡长，我骗了你，我让老婆把另外六十二只羊赶到山背后藏起来了。"格绒英扎这才恍然大悟。事后，这位老乡补上了该上缴的酥油，他们也因此成为无话不谈的好朋友。

"这里的老乡很淳朴！"格绒英扎重复了几遍这句话。他离开茶洛乡多年了，县城里的生活远比这里舒适优越，但是他依然深深眷恋这片土地和这里的老乡。

我们登上湖泊南面的一个高高的土石堆，据说这是古冰川遗留下来的冰积垅，站在垅上，整个湖面尽收眼底。郁郁葱葱的松柏环绕着湖水，并延伸到半山。扎金甲博山屹立在湖的正北，灰白色的峰顶如剑一般直插云端，与温婉的湖水刚柔相济，相映生辉。

格绒英扎俯下身子，对着高山湖泊虔诚一拜，起身后指着湖水对我说："这才是措普湖，你们在路边看到的那两个，是措普湖的儿孙。"我一惊，转念又想：的确，那里的水出自措普沟，而措普沟的水又来自眼前这真正的措普湖。不过，忽然之间我又觉得，名字已经并不重要，无论是措普湖，还是它的儿孙，都是大自然留下的财富，我们都该倍加珍惜。

走下土石堆，见一个衣衫破旧的喇嘛坐在地上，仰望远方的天空，口中念念有词，对我的拍照和询问视而不见、听而不闻，似乎无欲无念，心无挂碍，一如这静谧无声的措普湖。

德格印经院

谈到西藏的文化与宗教，总会有人提到德格印经院。印经院汉名全称为"西藏文化宝藏善地吉祥多门大法库"，又简称"德格巴官"。我多次行走藏地，却阴差阳错，一直未能拜谒此地，直到今年秋天才如愿以偿。

天下着小雨，穿上棉衣仍然感到寒气袭人。德格县城四周的山峦云雾缭绕，五彩经幡在飘荡的白云中若隐若现。虽然时间尚早，但印经院墙外已经有很多藏民沿顺时针方向绕行，一边走一边念经，并捻动手中的佛珠。

德格印经院建在城中的一个小山坡上，坐北朝南，红墙平顶，古朴庄严。听父亲讲，当年十八军入藏路过德格时，因为纪律要求不得擅自进入寺院，故晚上在院墙外搭帐篷歇息，虽然近在咫尺，却未跨进大门半步。以后虽然在川藏线来往多次，但始终没有机会进去，成为一大遗憾。

德格县地处金沙江东岸。以金沙江为界，西属西藏，东属四川。德格为川藏茶马古道必经之地，素有"金江锁钥"之称。藏语"德格"的意思是"善地"。相传元代萨迦派第一代祖师八思巴途经德格时，称赞四郎仁钦具有"四部十善"的品质和福分，遂赐名"四德十格之大夫"。此后，四郎仁钦便以"德格"作为家族名号，地名亦随家族更改为"德格"。四部指法、财、欲、解脱。十善指近牧善草，远牧善草；建房善土，耕种善土；饮用善水，灌溉善水；砌墙善石，制磨善石；造屋善木，作薪善木。"善地"之名，便是由此而来。

　　跨进德格印经院大门，抬眼看去，只见雕梁画栋，飞檐翘角，门脸、窗棂，墙壁上唐卡、壁画五彩缤纷，鲜艳无比。拐上二楼，便是

印经院里工作多年的老人对我说，这么多年一直弄不清里面藏有多少书籍

一间间彼此相连的藏经库。只见一排排木架顶天立地，架上一层又一层整齐地摆满了木刻雕版。由于长年触摸，木版颜色乌黑，油光锃亮，摸上去如同打了一层蜡。德格印经院里有三十二万块雕版，内容以佛经为主，还涉及天文、诗歌、文学、医学、文法、历史、历算和绘画等各个方面。

我穿行在幽暗的藏经库里，如同跨进时光隧道。德格印经院漫长的修筑历程，一一浮现在我的眼前。

藏族生活在世界上海拔最高的地方，这里地广人稀，物产单一，即使在今天，人们受教育的程度也普遍不高。然而，在二百七十年以前，德格家的第十二代土司兼第六世法王却吉·登巴泽仁就组织修建了德格印经院这座土石木结构、高达三层的庞大建筑。那时人们还普遍居住在用牦牛毛编织的帐篷里，四处迁徙，逐水草而居。德格印经院犹如天国圣殿一般横空出世，震撼了整个藏族地区。印经院建立之后，历经改朝换代，硝烟战火，风雨侵蚀，却至今保存完好，不能不说是藏族文化史上的一个奇迹。

追溯德格印经院的历史，却吉·登巴泽仁是一个非常重要的人物。在藏地，土司是世袭，然而世袭更替后家族能否发展壮大则要看继承人的才能。一些曾经名声显赫的家族，最后却破落消失，只留下令人感叹唏嘘的传说。

德格家族在元代就受到忽必烈国师八思巴的青睐，以后家族兴旺不衰。德格家注重传统文化，有制作和收集各种书籍经版的爱好和传统。到了却吉·登巴泽仁统治时期，德格家族势力发展到鼎盛，领地扩展到现在的四川、西藏、青海三省区交界的数个县。

却吉·登巴泽仁具有双重身份，一是领主土司，一是法王。土司使他有足够的财力，法王造就他较高的文化素养，这两者集于一身，不但使德格家的海量藏书有了质的保证，也使他对家族世代传承的这一事业的长远发展有了规划和构想。公元1729年，却吉·登巴泽仁做出一个重大决定：要在其家庙更庆寺内另建佛殿，存放已收藏的经版，同时开始刻版印经。

藏语"更庆"意为"大寺"。更庆寺不设活佛，由历代德格土司兼法王任寺主。却吉·登巴泽仁经多方勘察，最终将新殿选址定在土司官寨西南的小山包上。次年建成一座存放雕版的小型建筑，接着又在旁边修建了一座护法殿。不幸的是，印经院雏形刚出来，却吉·登巴泽仁便撒手而去，工程也不得不暂时停下。

清乾隆五年（公元1740年），登巴泽仁次子彭措登巴继父亲之任，成为新一代土司，兼第七世法王。在刻完《大藏经·丹珠尔》雕版后，为便于印刷和存放经版，他决定修建一座规模更宏大的印经院。他的理想是要超越父亲。经过反复谋划，乾隆九年（公元1744年）二月一个吉祥的日子，他在原址开工，并亲自为四角奠基。经过三年零四个月的艰苦努力，印经院主体建筑建成，次年开始进行雕塑、彩绘等装饰工程，这项工程一共调集了136名画师、木工、铜工，花费了两年多的时间，才告完成。

乾隆五年（公元1750年）二月，印经院举行了开光典礼。这时，它已经初具规模，而彭措登巴也走完了自己的人生路程。

乾隆十七年（公元1752年），洛珠降措接任了父亲的职位后，又继续父祖辈的事业，完成后续工作。清乾隆二十一年（公元1756年），德格印经院终于竣工，前后历经四世土司，耗时二十七年。从却吉·登巴泽仁到彭措登巴，再到洛珠降措，一代又一代，德格土司们在继承封号和财产的同时，也接过德格印经院建造的接力棒。

德格家族为建造德格印经院一共花了多少白银，史籍上没有记载，但一定数目惊人。据称，仅彭措登巴在修建印经院期间雇佣工匠的费用，折合成茶，就达7622包——藏茶为了便于长途运输，通常制成长条状，外面用竹篾包装，每一包约16斤。这样一合计，是121952斤。

德格家族最终因为印经院的修建获得很大的荣耀，但是荣耀背后的艰辛与痛苦有谁知道？据说，为了保护印经院中珍贵的雕版，德格土司甚至不得不动用整个家族的势力，耗费大量的人力和财力，捍卫这些不知由多少代人收集，以及后来重金招募工匠雕刻的经版。

如今，德格被誉为"康巴文化中心"，德格方言被称为"康区的普通话"，这一切皆离不开德格印经院的支撑，而德格家族在其中无疑起到了十分重要的作用。

穿过二楼一间间光线暗淡的经库，我看见四个人正在印经书，两

传统手工雕版印刷的"活化石"

人一组，相对而坐。一人先用一把刷子蘸上以朱砂等颜料制成的墨，均匀地刷在雕版上，另一人便将裁成长条形的纸覆在版上，再拿一把干净的刷子在纸背上轻轻刷，将纸张抹平。接着，同伴用滚筒在版上用力迅速滚压一遍，然后把纸从板上揭下来，这样，一页书的印刷就完成了。而一本书在这样一页一页印好以后，还需要经过阴干、装订等很多道工序。这种古老的工艺称"雕版印刷"，是人类印刷史上硕果仅存的"活化石"。

我拿起一张尚未印经的纸，一看，感到有些意外，冒出一句："是夹江宣纸。"多年练习书法使我对纸张较为熟悉。四川夹江以竹为主要原料手工制作宣纸，已有一千多年的历史，是著名的书画纸之乡。夹江是乐山市辖下的一个县，在这里看到夹江纸，我生出一份故乡之情。

一位正在工作的藏族老人抬头答曰："哦呀，是夹江的！"当他知道我来自乐山，便高兴地说那里有著名的大佛。接着他停下手里的活，与我聊起来。他今年六十五岁，在印经院里从事雕版印经工作已有三十年，虽然每天在这座楼里进进出出，但依然不知其中究竟藏有多少书，只知道藏传佛教的宁玛、格鲁、萨迦、噶举各教派以及起源于本土的苯教经典这里都有，经常有学者不远万里来此查阅藏书，研究经典。

老人每天大约能印一千页，年轻人手脚最快的能印到两千页。虽然现在很多人愿意买机器印的书，便宜，好携带，也易于保存，但是德格印经院还是坚持手工印制，为的是保留传统文化。而且，为了保护经版，每年只在春末至秋初之间印刷，即从藏历的三月十五日开始，到九月二十日结束。每年开印前和即将结束时，都要请高僧举行盛大隆重的法会祈福，这一传统从古代延续至今。

登上三楼，又见三组工人在忙碌，动作敏捷娴熟，操作时口里一直在诵念佛经。另外两个工人正将印好的页面按顺序在另一处晾开。我这才看清印经院建造的特别之处：它精心考虑了采光和通风。刻晒经书的地方既不能被阳光直射，也不能有穿堂风吹过，但又必须通风透气，所以院内特意设计了天井，很好地解决了一系列问题。

德格印经院可谓古代完美的藏书库，每走一步都能感受到前人的良苦用心！

登至屋顶，见整个县城被四周陡峭的山峰紧紧围绕。德格位于青藏高原东南缘，境内群山起伏，河流纵横，最高山峰海拔6168米，地广人稀，至今人口不足七万。想到此，顿觉德格家族穿越大山、跨越时间的气魄，令人深深赞叹！

站在屋顶，我忽然萌发出想更多地了解德格家族的愿望，可惜在印经院里找不到任何有关他们的资料。但我不气馁，相信事在人为。

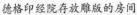

德格印经院存放雕版的房间

走出印经院大门，见墙外汇集了许多转经的藏民。我加入他们的行列中，一位慈祥的藏族老婆婆招呼我到中间，与她一道。汉人来这里转经的极少，她很乐意与我同行。

她头发灰白，在身后结成两条细长的辫子，发梢上夹有红丝线。她用结结巴巴的汉语告诉我，她的四个孩子中，有一个儿子在印经院里画唐卡。说着，她满是皱纹的脸上露出温暖的笑意。她现在住在县城里，每天上午来这里转一百圈。"转经有很大的功德。"说罢，她伸出饱经磨砺的手，轻轻抚摸了一下我垂到腰下的长发，赞叹道："好看！"那一刻，我心里涌出一股暖流，不是因为赞美，而是感受到她的慈爱，感受到善地的善意无处不在。

回到家，我费了一番周折，终于找到德格家族的一些资料。原来德格家族从公元617年到1950年延续了五十四代，历时一千三百多年，共二十二代世袭土司，辖地包括今天的德格、邓柯、白玉、石渠、江达五县，最盛时期统辖七万户，近二十万人口。在清廷实行改土归流以后，德格土司依旧掌握辖区内的赋税、差役甚至生杀大权，俨然独立王国。

传说，德格家族第一代曾担任过吐蕃赞普松赞干布的大臣，先后为赞普迎娶过文成公主与尼泊尔的赤真公主，家族也因此获得荣耀。公元1266年，萨迦法王八思巴在进京讲经途中，受到德格家第二十九代四郎仁钦的朝拜，遂选其为"色班"，即膳食堪布，掌管法王的饮食。后来，四郎仁钦被册封为千户长，因为被法王赞扬具有"四德十格"的美德，故以此作为家族名号。

然而，直到第三十四代德钦司郎绒布时，德格家族仍然处于游牧状态。德钦司郎绒布的次子博塔扎西生根是一位卓有见识的人，继承家业后以巧妙的方式为家族赢得了一片土地和百姓，成为德格第一代土司。

博塔扎西生根成为领主后，选德格恩达顶为址，与萨迦派高僧共同建造了巴登珠顶寺，同时还让自己的长子、已经出家为僧的巴登生根从事佛学显密研究，获得学者的名位，终生在欧普生根仲地修行。从此，德格家族名声渐起。第六代土司时呷马松也让其长子根噶降措出家为僧，并去拉萨学习佛法，而后者从拉萨带回大量经书。据说，根噶降措天资聪颖，一天，他的经师仁真甲村仁波切在讲经时用糌粑捏了一只蝎子（表示降魔），让他仿刻一枚，又将自己的一枚印章交给他，说，只要这两枚印章世代相传，德格家族就可势力永固，佛法长传。从此，德格家族将这两枚印章作为传世之宝。

呷马松的第三子向巴彭措继任第七代土司，曾向萨迦、宁玛教派的高僧学习经典，在佛法上有很高的造诣。五世达赖被清王朝册封为藏王时，向巴彭措被册封为"僧王"，成为德格家族第一代法王。这时德格家族领地再次扩大，藏书已经十分丰富。

以后，德格家族共产生十四代法王，历代法王土司都与佛门保持着十分密切的联系，除了不断将家族子弟送入寺院为僧，还出资在辖区内兴建了一百四十八座寺院，包括苯教和藏传佛教格鲁、萨迦、宁玛、噶举几大教派，同时还为寺院的管理、财务等建立了一套法规和制度。其中有五座寺院的高僧受皇帝册封为国师，被称为"乌那卡额阿"，意思是"五所国师庙"。

几大教派寺院的建立，为德格家搜罗各种佛教经典提供了更方便、更宽阔的途径。德格巴宫是第六代法王登巴泽仁在五十二岁时动工兴建的，他高薪聘请了精于藏文书法的教师，用藏文书法家穹波雨赤、绒波娃所著的书法标准四十条来教授书法，择优选择了六十五人从事模板书写，四百人从事雕刻，然后多次校对再定版。经过五年认真细致的工作，印制完成了《甘珠尔》经典一百零三部，《丹珠尔》二十三部，《萨迦文集》十部，其他经典二百多部。

登巴泽仁文韬武略，雍正七年被封安抚司，三年后又加封德尔格特军民宣慰使司。此后，德格法王与康区的另一土司——明正土司与朝廷保持密切往来，年年上贡，岁岁朝觐。

登巴泽仁去世后，彭措登巴世袭为第七代法王，又进一步收集五世达赖时藏王德色桑吉降措和西藏三大寺所存的《丹珠尔》手抄本，请德格八邦寺活佛斯德却吉龚勒就几种原本进行核对校正，同时还校订了《慈氏五论》，极大丰富了德格印经院的藏书。以后继任的法王土司都在不断搜集和雕刻佛学、数学、天文、医学、地理、历史等方面的书籍。

德格家族一代又一代统治者，似乎都醉心于书香，但实际上，他们并没有文人的柔弱，始终延续着藏族人强悍威猛的秉性，无论是扩张领地，还是统治辖区。自第一代法王起，就设置官吏，拟定法规。细读德格家族拟定的法律条文，不难发现其中贯穿着佛教的五根本戒：戒杀、戒盗、戒淫、戒妄、戒酒。他们称自己的法律"像离弦的箭杆一样正直，像巨响的雷声一样有力"。

延续到第十二代法王，德格家族势力一直较为稳定，德格印经院也不断充实完善，扩建房舍，增刻经版，由于雕刻的各种经版准确无误，德格印经院印制的书被视为最标准的经典版本。印经院藏书的主要目的不是收藏，而是看重传播，所以每年有一半时间对外开放。

然而，到十三代夺吉生根任法王时期，由于兄弟之间争夺法王权位，德格家族内部爆发了大规模械斗，以致川滇边务大臣赵尔丰不得不派兵到德格平息战乱。这次战乱，使德格家族元气大伤，给后来继任的第十四世法王尼麦泽汪邓登留下许多后患。公元1942年，尼麦泽汪邓登操劳过度，心力交瘁，于二十七岁早逝，其妻降央伯姆代丈夫行使法王和土司权力。这一时期，虽然各教派、头人之间的矛盾尖锐，所幸德格印经院并没有因此受到太大影响。

1951年，十八军进藏，经过德格。降央伯姆见解放军纪律严明，秋毫无犯，尊重少数民族的风俗和宗教信仰，消除了原有的顾虑，给予十八军很大支援，除保障从德格的玛尼干戈到昌都以西察雅、吉塘一线的支前运输外，还在民主改革中主动交出土地、枪支、弹药，释放奴隶等。

二十世纪八十年代末，降央伯姆相继担任全国人大代表、全国人大常委民族委员会委员、四川省政协副主席、省妇联副主任等职。她唯一的儿子五十年代在去拉萨学经的途中，被管家裹挟参加叛乱队伍。后来解放军将其俘虏，贺龙元帅下令保护，并指示重在教育改造。为此，有关部门还特地给他安排了教授汉文和藏文的老师。此子出狱后担任州政协委员。

写这篇文章时，我打电话问父亲是否知道德格家的往事，父亲一口说出"降央伯姆"这个名字。事隔六十年，为何还能清晰回忆起一个陌生人的名字？我不禁大为吃惊。

父亲说，那时，降央伯姆在德格一带名声如雷贯耳。在一个以男人为中心的社会里，女人抛头露面，难免树大招风，如果没有强悍的手段和出众的能力，连安身立命都难，更何况维护整个家族统治。康巴地区民风剽悍，土司家族内部相互倾轧，尔虞我诈，部落之间为争土地和草场发生械斗的事从未间断。父亲说，他曾见她在许多奴仆的前呼后拥之下，气势威严地从街上走过。尽管那时她已年近四十，皮肤有些黑，但依然能看出年轻时的风韵。

1952年，降央伯姆应邀到北京参加国庆观礼，毛泽东主席亲自送了她一套锦缎藏袍。后来，她还受到周恩来、贺龙、李维汉等国家领导人的接见。

德格印经院折射出一个大家族的变迁，令人感慨万千。掩卷沉思，浮想联翩，灵魂似乎又游走在印经院那三十多万张古老的雕版之中。经库静默无声，这个古老的家族也是静默无声。静默中，德格家的往事像长长的藏文书页，一片片在眼前铺开……

羽翼下的转经之地

离开德格县城，我们的车行驶在蜿蜒曲折的盘山公路上。远处，崔嵬险峻的雀儿山在云雾中若隐若现，偶尔露出狰狞的一角。

雀儿山，藏语称"措拉"，意为"大鸟的羽翼"。

雀儿山

雀儿山、二郎山，这些名字童年时就在我心里扎下根。那时，十八军的后代大都留在成都，西藏军区驻川办事处专门为这些孩子兴建了全托制的保育院、八一小学、八一中学，并聘请了优秀而又负责的老师和后勤人员。这是为了解除远方亲人的后顾之忧，因为父母只有在三年一次的探亲假才能看到自己的孩子。

我两岁时进入了保育院，直到五岁再次见到父母，才对他们有了具体的印象。这之前，我只是从老师口中知道他们在西藏。在我幼小的心灵中，西藏总是和许多名字奇特的高山与大河联系在一起，其中雀儿山、二郎山、茶果拉山因为被编入儿歌和舞蹈中，所以印象特别深刻。

父亲从未对我们几个子女讲述过当年他在雀儿山修路的经历，直到2007年中央电视台拍摄纪录片《十八军进藏纪实》，摄制组采访父亲时，我才听他回忆起这段往事。

十八军进藏，一边作战，一边筑路。战士们都是徒步行军，还要背负约七十斤重的粮食、弹药、被服等。1952年昌都战役结束后，部队开始在昌都以东的甲皮拉山和达马拉山上筑路。这两座大山海拔都在4800米以上，雪峰连绵，逶迤六十多公里。山上气温很低，最初大家没有经验，早上起来，热手一挨铁工具就被粘住，使劲挣脱，就被扯掉一块皮，鲜血长流。后来大家总结教训，再遇到此类情况，就哈口气，让冻住的部分稍稍融化，再轻轻将手挪开。

雀儿山位于青藏高原东南边缘，横断山脉的北部，北衔莫拉山，南接沙鲁里山，山脚下北有自西而东的雅砻江支流玉隆河，南有金沙江支流夕河和麦宿河。雀儿山是四川通往西藏的

父亲当年的照片。胸前的奖章是修路时授予的

途中最高的山脉，主峰海拔6168米，四周海拔5000米以上的雪峰有数十座之多。川藏公路通过的垭口海拔达5050米，是四川最高的公路垭口，也是川藏线上的著名险关。有藏族谚语称："爬上雀儿山，鞭子打着天。"山上每年将近一半时间有积雪，雪最深可达两米至三米。

父亲所在的第五十三师一五六团于夏季八月上雀儿山，依然遭遇连续七八天的大雪，好些战士患了雪盲，双眼红肿、流泪，但还是坚持施工。军令如山，没有当过兵的人难以理解这一点。最后，有的人眼睛失明了，只能拉着马尾巴艰难向前挪动。

那是一个崇尚英雄主义的时代，每一位年轻的军人都渴望成为英雄，充满了献身精神。

雀儿山冬季气温多为零下二三十度，椭圆形军用水壶常因里面的水结冰而被撑得滚圆，墨水瓶若是满瓶就会炸裂，帐篷被雪压塌是家常便饭，脱下的鞋往往被冰紧紧粘在地上。饭吃几口就冻成硬粒，运气好时可以捡到牛粪，生火加热，囫囵吞下。很多人因此患上胃病。

牛粪是不可多得的宝贝。不但烧饭、取暖需要它，更重要的是在冻土地带施工，若没有牛粪供燃烧解冻，十字镐一镐挖下去，震得人虎口发麻，地面还只有一个白点。

那时部队使用的帐篷与我们今天见到的新式帐篷完全不同，是由许多张五尺见方的防雨布拼接而成的。防雨布俗称"方块布"，四角有孔，白天可以当雨衣，夜晚多是将一个班的方块布拼接在一起，搭成"人"字形帐篷。因为是拼接的，故四处漏风，稳定性也差，雨、雪、雾气顺着接缝往里灌，早上醒来被子常是湿漉漉的。即便如此，"方块布"最初也不是人人都有，因为那时我国还不能自己生产，国家为保障进藏部队生活需要，只有将从日本鬼子那里缴获的防雨布分配给十八军。

父亲艰难的经历令我感慨不已。后来听说摄制组刚到达甘孜就有人晕倒呕吐，遂对当年还需忍受饥饿和寒冷的将士们的英勇和坚强有了更深刻的体会。父辈的奋斗经历，让人真切地感悟到，川藏线是用血肉之躯筑成的。

　　天色渐变，不一会，飘起了小雪。我们爬上一道山梁，看见不远处有一座小巧的烈士陵园。这里安息着为开辟川藏线而献身的一等功臣张福林，牺牲前，他是某爆破班班长。在修筑到雀儿山最险路段的某一天中午，大家都在休息，而他继续检查石方，突然，一块巨石坠落，砸在他的头上。年仅二十五岁的他就这样停止了呼吸。战友们在清理他的遗物时，发现其中有五小包从他河南老家寄来的蔬菜种子。他本来准备到达西藏后，将它们撒播在这片土地上。

　　陵园很安静，四周铺满了洁白的雪。他每天与这洁白的世界为伴，我想他一定能轮回到一个洁净无瑕的世界里。我心里默默为他祝福。如今，越来越多的植物在西藏生根，发芽，开花，结果。在另一个世界里，他会欣慰地看到，后人一直在努力实现他当年的愿望。

　　离开陵园，我们继续向前。乌黑的怪石在头顶突兀而起，凌空高悬，犬牙交错，危如累卵，似乎稍有风吹草动就会立刻坠落下来。看着头顶的累累巨石、脚底的万丈悬崖，我完全无法想象当年父亲他们是如何用钢钎、铁锹、铁锤、炸药，肩挑背磨，筚路蓝缕，在崇山峻岭中开辟出这条天路！

　　路面结冰，光溜溜的，车轮不断打滑，我们不得不更加小心。好在这时前后来了十几辆载重大货车，宽大沉重的轮胎将路面的结冰碾碎，为我们解除了危险。这些大货车司机彼此并不相识，然而遇到会车，或者汽车抛锚，大家都会相互谦让，鼎力相助，共渡难关。在这崇山峻岭之中，见不到交警，似乎也不需要交警，维护秩序和规则的

雀儿山上，穿山劈石的川藏公路

是人性和善心。

　　遇到我们这样的外来游人，司机们经常会从窗口伸出头来打招呼，或者高喊"扎西德勒"（吉祥如意），以示友好。他们的车头和车身上通常绘有吉祥八宝图，车前悬挂哈达，摆放转经筒，驾驶室挡风玻璃上供奉着他们敬仰的活佛照片。川藏线堪称世界上最险峻的道路，道路崎岖狭窄、盘旋曲折，山间云雾缭绕，狂风暴雪、山体滑坡、泥石流等灾难随时可能发生，行走在这道路上的人们，因此希望得到佛的保佑，从而获得战胜困难的信心与力量。

　　站在雀儿山顶举目四望，整个山脉就如同大鸟展开的翅膀，原来这就是它得名的原因。我不禁联想起《庄子》里那只传说中的鲲鹏："北冥有鱼，其名为鲲，鲲之大，不知其几千里也；化而为鸟，其名

雀儿山藏语称"措拉"，意思是"大鸟的羽翼"

为鹏，鹏之背，不知其几千里也。"雀儿山是鲲鹏之山，神鸟之山，羽翼所到之处翻云覆雨，遮天蔽日，千百年来让人们望而却步。

眼下雀儿山已经开始修筑隧道，据说四年以后就能通车。六十年前父辈们轰轰烈烈开凿的山路，届时将复归宁静。回想六十年前，那真是父辈们人生中最火热的岁月。

翻过雀儿山垭口，天气忽然转晴，天空碧蓝，阳光在冰峰上映出耀眼的金光，山顶黑色的石块与洁白的雪形成强烈的对比。我深一脚浅一脚地在齐腿肚子深的雪中艰难前行，希望用镜头记录雀儿山瞬息万变的景象。

突然，两只狗蹿到我身后，起初我吓了一跳，以为会受到攻击，哪知狗儿很温顺，吃了两片我给的饼干后更是摇尾不止。这狗从何而来，为什么会在海拔五千米的高山上游荡？这里显然不是觅食之地，它们在寻找什么？拍完照后，我回到车上，一直在想。

车顺着山路转了两个弯，我们停下来方便。两只狗一下从旁边简陋的院落里奔跑出来，我才明白它们是护路道班喂养的狗，平日里常随工人到山路上巡查维护，俨然成为这座山的主人。这里是连接川、藏两地的317国道，必须随时保持畅通，维护雀儿山路段的有好几个道班，这些道班堪称世界上最"牛"的道班！

下了雀儿山，一个波光粼粼的高原湖泊出现在眼前，湖名新路海，传说这个名字是当年十八军战士无意间取的。按照汉族几千年的文化传统，再贫瘠粗陋的地方都要取个风雅的名字，让它万代流传，何况是这样一个本身就风光无限的地方。据说，当年川藏公路修到这里，筑路战士们军见到这个美丽的海子（当地人称湖泊为"海子"），因其就在新公路旁边，便随口叫它"新路海"。此后，"新路海"竟成为正式的地名，被标注在地图上。名字朴素而自然，虽然平平淡淡，但风采迷人。

新路海旁的溪流里有许多刻有经文的玛尼石

五个骑山地自行车的外国人在路边歇息，一问，原来是俄罗斯人，来自莫斯科，准备当天翻越雀儿山。他们一个个皮肤皲裂，嘴唇出血，满身汗臭味，一路劳累可想而知。他们既不会汉语，也不懂藏语，但还是坚持这样走下去。回想一路走来，我不时与一些骑山地自行车去西藏的年轻人相遇，他们来自北京、云南、成都……有的人已经在途中骑行了两个多月，无不是皮肤黝黑，风尘满身。但是，无论遇到多少困难，他们的目标始终是——拉萨，挑战自我的决心始终支撑着他们。

几个来自俄罗斯的登山爱好者准备以山地自行车翻越雀儿山

　　他们的身体是强健的，而身体的强健往往又与精神的强健相连。进藏，僧侣是因为信仰，军人是因为职责，商人是因为利益，而他们，则是为了磨炼自己，开拓视野，去探寻更广阔的精神世界。今天，文化教育日益普及，一个人要内秀已经不那么难，难的反而是内秀之外的阳刚，阳刚之外的大气。唯有如此，一个人才能摆脱怯懦、自闭、抑郁、自私、冷漠等种种缺陷，成为一个具有健全人格的人。有了这样的人，才能有强健的群体，而如果一个民族有许多这样的群体，它怎么会不强健？

到达玛尼干戈时，下起了雨夹雪，白雾迷蒙，笼罩着整个草原。密集的五彩经幡，逶迤的寺院红墙，错落有致地点缀在山坡河谷之间。我们赶紧在一家路边小饭店停下。

店主是夫妻两人，经营的食物简单而爽快：肉炖萝卜、腊肉香肠，炖肉三斤起卖，当着客人的面过秤、切片、下锅。这场景，让人不由得联想到《水浒传》里那些三碗不过冈，满满筛了十八碗酒，大块牛肉切十斤的山野酒店与豪侠食客。不一会，饭菜上桌，味道出人意料地好，价钱也很公道。这时门外下起鹅毛大雪，风卷着雪片敲打在玻璃窗上，滚烫的炖汤让人感到由内到外的温暖。

饭后雪势依旧不减，我们有些着急。老板过来与我们聊天，劝我们不要在大雪天赶路，说着指了指另一桌客人。三个藏族汉子在我们来之前已经吃完饭，眼见雪大了便不急着离开，坐在那一边喝啤酒，一边用筷子敲打节拍唱歌，一个个身材高大，皮肤黝黑，头发又长又黑，有些自然卷曲，脸上流露出放荡不羁的神情，对大雪什么时候停下来毫不在意。

一会儿，一个骑摩托的喇嘛到屋檐下避雪，老板招呼他进屋。喇嘛笑了笑，依然站在屋外。老板告诉我们，附近有四五座寺院，其中一座是觉姆寺。这位喇嘛有些面熟，大概来自附近的幺赛寺（音），寺里有三四百个喇嘛。每当有重要法会，整个玛尼干戈就会一下变成经幡和袈裟的海洋。

"玛尼干戈"一词的汉语意思是"转经之地"。这里地处四川、青海、西藏三省交界的丁字路口，向南连接德格、昌都，向西可至石渠、玉树，向东直通甘孜。过去，这里曾是"三不管"之地，民风剽悍，盗匪出没，商队白天经过也要持枪而行。如今，这已经成为遥远的传说。

雪稍稍减小了。一顿饭的工夫，汽车上竟积了足有两寸厚的雪。我们不得不抓紧时间离开，沿着这大鸟羽翼下的转经之路奔向甘孜。

风霜雨雪是玛尼干戈的家常便饭，而一旦雨过天晴，绵延的草场又会呈现出一派天高地阔的美丽景象

佛土甘孜

一进入甘孜县境内，就见寺院星罗棋布，五彩经幡四处飘荡，俨然佛国。高耸入云的白塔，金光闪耀的屋顶，雕梁画栋的门窗，无不显示出寺院的地位与财富。

甘孜与德格有一大相似之处：寺院多，僧侣多，而且藏传佛教的四大教派——格鲁、宁玛、萨迦、噶举和产生于本土的苯教的寺院都有。我看过一份资料，1938年，甘孜县共有寺院42座，僧尼6920人，大约每三个人中就有一个出家为僧。即使在今天人口翻倍的情况下，这里的僧俗人数比例也相当惊人。

我们行驶在风光如画的草原上，碧水蓝天，雪峰下金黄的草地绵延到视线的尽头，一座座寺院醒目地点缀在上面，周围民居的土墙上刷有一道道白色的竖条，既是装饰，也是宗教文化影响的延伸。

位于莫衣村的噶举白格寺佛学院规模宏大地在山谷里铺开，三三两两的红衣僧侣在山路上行走。再向前，红墙黄瓦、金碧辉煌的大金寺出现在眼前，寺庙对面的日阿拉雪山与寺庙后清澈的雅砻江遥相呼应，景色无比美丽。然而，这座辉煌的寺院曾因1931年那场与白利土司之间的争斗，一度遭到废弃，无人居住，历史就是这样发人深省。

大金寺全称为"大金彭松措岭"，意为"兴旺发达吉祥洲"，简称大金寺，为"兴旺寺"之意。清康熙元年（公元1662年）由五世

甘孜乡间不少民居外墙上都刷有白色的条纹

达赖喇嘛昂翁·洛桑嘉措命弟子霍尔·昂翁彭措创建。昂翁彭措是霍尔土司家族的成员，先后在霍尔地区修建了大金寺、白利寺、灵雀寺等十三座格鲁派寺院。清朝时，大金寺以僧兵和财富出名，常住僧人达三四千人，经商资本数百万银圆，有专门的喇嘛在康定、甘孜、昌都、拉萨甚至印度等地经商，以支持寺庙运转及喇嘛生活的日常所需。

1931年秋，大金寺喇嘛与白利土司为了争夺亚拉喇嘛的产业，相互厮杀起来。大金寺仗着人多势众，武器精良，又有后台靠山，便以武力攻占白利。

国民党中央政府不想让事态扩大，希望息事宁人，便派人会同道孚、炉霍几大寺院的喇嘛，以及当地有势力的孔撒、朱倭土司为双方调停。谁知大金寺不愿接受调解，并打死前来主持调停的二十四军一名排长。

军长刘文辉大怒，但因为中央政府有令，自己也不想卷入这场纠纷，于是只好忍耐。大金寺得到喘息的机会，趁机纠集了大批地方武装攻打刘文辉控制的甘孜县城。中央政府再次派人调解，大金寺再次拒绝合作，刘文辉遂率军反击，迅速击溃大金寺武装，进而占领德格、白玉、邓柯、石渠等地，一直把战线推到金沙江边。大金寺在战火中被毁，一部分喇嘛逃到西藏，有的因为生活没有着落，沦为盗贼。1932年，西藏地方政府派人与刘文辉谈判，希望和解，于是双方在岗拖签订了停战协议。

出家人依照佛法持戒修善是本分，忘记这一点，必遭到惩罚。事隔十年以后，大金寺修复之事才提上议事日程。经过这次打击，大金寺元气大伤。

我走到大金寺门口，正好遇见三四个年轻的僧人出来，问及往事大都不知，只是腼腆地笑笑，走上公路，在金黄的杨树下缓步而去。

大金寺一角

一路走走停停，观山望景，黄昏时才到达甘孜县城。天上飘着细雨，街上行人稀少。往来的行人中，喇嘛颇多；城里出售僧衣、经幡、酥油灯等佛教用品的小店比比皆是。

我们寻了一家小饭馆坐下。饭菜要靠高压锅，一时不能上桌，我便抓紧时间在附近溜达。街灯很暗，道路泥泞，大多数店铺已经打烊，我走了一会，只好转身返回。快到小饭店门口，我忽然感到身后有些异样，一转身，一张鬼脸惊得我险些大叫起来——一个戴面具的男人站在我身后，伸手向我要钱。他手里捏了几张一元的纸币，脸上戴着跳藏戏时用的面具，以牛皮制成，刷成白色，四周有一卷羊毛，上面绘着狰狞的五官，眼睛、鼻孔和嘴巴处各开了一个小孔，隐隐看见一双眼睛在小孔后面滴溜溜地转动。我正犹豫是否给他，老板娘手握硕大的铁勺冲出来吼道："走开，好手好脚的！"

戴面具的男人没吱声，一摇一晃走了。老板娘反复对我叮嘱道"不要给他们钱，给一个来一群，撵也撵不走——好吃懒做不要脸！"

老板娘的话第二天一早就应验了。我们刚在宾馆对面一家小店坐下，两个年轻"喇嘛"就上前纠缠要钱，其间还游荡过来一个觉姆装束的中年妇女行乞。我知道真正的出家人绝不会如此，佛门对此有严格的戒律，即便是南方地区有小乘佛教徒托钵乞食，也是随缘接受供养，绝不伸手讨要。因此，我对此等假冒伪劣的游手好闲之辈不予理睬。但还是有人出于善心给钱，于是两个假喇嘛便拿出无赖本色，逐一上前拉衣服扯袖子讨要钱财。同行朋友想息事宁人，又掏出一点钱，哪知他们还是不走，非要每人都给，纠缠不休，直到我们离开，他们又去阻拦另外的顾客。

一顿饭吃得我生出许多感慨。藏地之行，一路走来，但凡有集镇

甘孜县城

的地方必有乞讨者，多数是年轻力壮之辈，并非残障人士，可谓毫无羞耻之心。而与之形成强烈反差的是那些三步一叩头，风餐露宿的朝圣者，他们绝不乞讨，对每一份布施都心怀感激，念佛回向。天堂与地狱如此相近，在面前展陈，让人不由感叹，即便是在这佛国净土，人心之取向，也是如此截然不同。

甘孜县一直是川西高原北部重镇和交通要道，三条大路，一条通往邓柯（1978年，乾宁、邓柯、义敦三县建制撤销，原乾宁县辖区分别划入道孚、雅江两县，原邓柯县辖区分别划入石渠、德格两县）、石渠，一条通往德格，还有一条通往巴塘、理化，地理位置十分重要。然而，民国时期，全县只有一段十五公里长的土石公路，是当时的赵守钰专使会同驻军团长章镇中修筑的。竣工时，其驻扎康定的上司师长唐某命人从康定马拉人扛，运了一辆摩托到甘孜，在新公路上来回驾驶，展示了现代化交通工具的快速便捷，令当地百姓惊讶不已，大开眼界，谓之"不吃草的铁马"。此事一时之间传为笑谈。

新中国成立前，驻扎甘孜的是刘文辉二十四军的一个团。中国人民解放军第十八军进藏前，该部就按刘文辉的指示起义投诚，并撤离了甘孜县。

如今，甘孜已经是一个繁华的县城。红军长征时曾路过甘孜，并在这里建立了博巴革命政权，这里因而成为红色旅游胜地之一。在甘孜，流传着许多关于红军的传说，其中最著名的就是朱德与白利寺格达活佛之间的故事。

白利寺是五世达赖昂翁·洛桑嘉措遣弟子昂翁彭措在霍尔地区建立的十三座格鲁派寺庙之一，因寺院的地基建在白色的石头上而得名，全称为"白日利众生祥寺"，简称白利寺。格达活佛法名洛桑丹增·扎巴塔耶，1902年出生于甘孜县生康乡德西底村一个贫苦农民家庭，七岁被认证为五世格达活佛，从此移居白利寺并正式坐床。十七岁时去拉萨甘丹寺学经，历时八年，经过层层考核、辩经，获得藏传佛教格鲁派的最高学位——格西学位，之后返回甘孜并住持白利寺。

1936年，红二、四方面军在甘孜会师，建立了第一个藏族人民政权——博巴人民共和国中央政府。红军在甘孜停留了近三个月时间，格达活佛通过与红军的接触，特别是和朱德总司令九次会见、谈心，思想观念发生了很大变化，主动向红军提供了大量驮马、牦牛、骡子等物资。红军撤离甘孜时留下近三千名伤员，格达活佛所在的白利寺和附近村寨就收留了二百多名。

1950年3月，西康解放。格达活佛先后被任命为西南军政委员会委员、西康省人民政府副主席、康定军事管制委员会委员、西南民族事务委员会委员等职务。同年7月10日，格达活佛为协助中央政府实现西藏和平解放，亲自前往拉萨说服有关人员，然而途经昌都时不幸被人投毒暗害，8月22日含恨圆寂于昌都，年仅四十八岁。

事后，毛泽东主席派中央民族访问团前往白利寺，赠送了他亲笔题写的锦旗和一百包藏茶。刘伯承、贺龙、邓小平等西南局领导同志也派人送去了花圈和挽联。消息传到甘孜，十八军为格达活佛举行了追悼大会，近两千人参加。全军指战员列队按藏族的习俗绕灵，以表达深切的怀念之情。1951年5月23日，中央政府与西藏地方政府在北京签订了关于和平解放西藏的十七条协议，格达活佛生前的愿望实现了。

五世格达活佛的故事前些年被改编成电视剧在全国播出，使白利寺名声大起，成为甘孜县著名的旅游景点。昂翁彭措地下有知，定会对自己兴建的大金寺、白利寺截然不同的命运感慨万千。

佛门在红尘之外，也在红尘之中；慈悲为怀，普度众生，才是佛家的宗旨。

甘孜，藏语意为"洁白美丽"。这里既是佛地，也是福地，但愿她处处洁白美丽。

三只小马驹

道孚县地处川西高原北部，县域东部海子山海拔5020米，境内其余山峰多在四千米左右，鲜水河由西北流入县境，南部河谷最低处海拔2670米。道孚自古为肥美的牧场，"道孚"一词的汉语意思就是"马驹"。因为藏族女孩布姆曲的缘故，我多次去道孚。在道孚许多相识的孩子中，有三个孩子给我留下的记忆最为深刻，他们是我心中三只最可爱的小马驹。

这次到达道孚县城后，我先与尼玛拉姆的母亲取得联系，不一会，她就带着十四岁的女儿来宾馆见我。从2007年起，我的朋友简妮就开始资助尼玛拉姆上学。

简妮是位澳大利亚籍的马来西亚华裔，在澳大利亚赫维湾市一所中学任教。乐山与赫维湾缔结为友好城市后她多次前来乐山，遂与我结识并成为朋友。她是一位开朗美丽的女士。有一次，我们一同去道孚旅行，她认识了尼玛拉姆，见其家境贫寒，便每年通过我给孩子转寄学费。

尼玛拉姆见到我就亲热地上前拥抱。她长高了很多，汉语讲得也很流利了，待人接物落落大方。她的母亲眼下在一家旅馆里做清洁工，每月收入1200元，带着她与姐姐过日子。问及家里生活的状况，她母亲说大女儿成绩好，在上火箭班，只是一到缴学费就发愁。话未说完就哭起来。尼玛拉姆见状，立刻用藏语制止母亲。她已经懂事了，不愿意母亲在外人面前展示痛苦。尼玛拉姆的母亲年轻时眉清目秀，几年光景，一下显得憔悴苍老。一个女人带两个孩子过日子的确不易。

初次见到尼玛拉姆时，她还是一个十分羞怯胆小的孩子，又黑又瘦，坐在角落里一语不发。简妮送了她一只绒毛鸭嘴兽，并表示喜欢她，以后要资助她上学。她紧紧地把鸭嘴兽抱在怀里，这大约是她第一次拥有属于自己的玩具。而且，她从此在一群孩子中变得令人瞩目——她是那一群孩子中唯一受到资助的。

简妮并非富翁，十六岁就独自离家到澳大利亚打拼，最后在赫维湾市落脚，成为当时那里唯一长久居住的华人。她常常感慨自己是没有根的人，在澳大利亚被看成外国人，回马来西亚同样也被视为外国人，倒是在中国能感受到浓浓的亲情。

每到开学前，简妮就会托人或者通过银行寄来一点澳币，让我兑换成人民币寄给尼玛拉姆的父母，因为她不会写汉字。不久，尼玛拉姆的父母离婚，尼玛拉姆判给父亲，于是我就将钱寄给他的父亲。

后来有一天，我忽然接到一个陌生人的电话，自称姓廖，是道孚县法院民事庭的法官，要了解简妮资助尼玛拉姆的情况，并让我将汇款单传真给他。这时我才知道孩子又改判为母亲监护，因为她父亲替人开车，长期在外奔波，无力照顾孩子，只能将尼玛拉姆寄养在乡下亲戚家。不久，廖法官又来电话，说他终于在公路上堵住了尼玛拉姆的父亲，并将简妮寄的钱追回，交给了尼玛拉姆的母亲，孩子又回到县城读书了。虽然钱的数额很小，但廖法官的真诚与负责令我感动不已。我们素昧平生，却在电话里成为朋友。原来，他的妻子是一位中学教师，他因此始终怀有一份对孩子的关爱。

前排右三为简妮，怀中的孩子是尼玛拉姆。右边是布姆曲

尼玛拉姆今年已经进入县中学民族班，一心想考到汉地的学校读书。她有一个小本子，里面夹着简妮的照片。她亲昵地称她为干妈，去澳大利亚看望干妈是她最大的心愿。

送走母女俩后，我去拜访了廖法官。晚饭后，我返回宾馆。服务台交给我一个纸盒，里面有二十多个苹果。根据服务员的描述，我猜到是尼玛拉姆趁我外出时，悄悄送来放在楼下的。

我感到这只小马驹长大了。

另一只可爱的小马驹叫降曲。他今年十三岁，当了一年小喇嘛后，在姐姐们的劝说下又返回家乡，继续上小学。

一年前的一个上午，降曲正在寨子里玩耍，忽然看见两个中年喇嘛来选见习小喇嘛，其中一个就出自他们寨子，说话自然深得信任。

降曲没有与父母商量就报了名，然后领了一套宽大的成人喇嘛服，满心欢喜地回去告诉父母。

降曲一家八口都是虔诚的佛教徒，但一听说小儿子要出家当喇嘛，都舍不得，尤其是母亲，劝他长大以后再说。降曲的两个姐姐在汉地读书，一个哥哥在甘孜县上中学，留在家里的只有这一个孩子。可是降曲自己坚持要去，家人也就不再阻拦。

大多数藏民觉得当喇嘛是很体面的事。过去藏地基础教育不普及，普通家庭的孩子多是通过进入寺院获得受教育的机会，进而得到社会的认可与尊重，因此送一个孩子去寺院是很多家庭的传统。

很快，降曲与另外三个被选中的小男孩随两个中年喇嘛准备离开。寨子里各家各户纷纷捐出一点青稞、面粉，或者三五块钱，并送他们到大路旁，看着他们一步步远去。

降曲去的地方只有三间极小、极简陋的平房，一间是厨房，另外两间打着地铺，一个挨紧一个，住着四十个从附近村寨选来的小喇嘛。每天一早，孩子们就在门外的坝子里席地而坐，学习藏文、佛经等功课，记笔记或者做作业时只能把本子垫在膝盖上。寺院里没有厕所，也没有盥洗间，大小便就在山坡上或草丛里解决，洗澡则要去几公里外山谷中的一眼温泉。食物都是孩子们自己带去或家人送来的。上师除了授课，还要负责照料小喇嘛们的生活起居，晚上也同孩子们住在一起。

一周后，降曲回家取馍馍，这是一种用青稞和面粉混合做成的食物，一小口袋吃一周。一见到阿妈和阿婆，他就忍不住扑上前，眼泪汪汪。母亲搂着他，趁势劝他留在家里。

降曲的父亲常年在外奔波打工，母亲很希望他留在身边，阿婆也是如此。降曲犹豫了一阵，终于同意留下。他说，每到太阳下山时，做完了一天的功课，小喇嘛们就坐在山坡上指点各自的故乡，说起家里的亲人，那时他特别想家，有时甚至会哭……

第二天一早，母亲做早饭时特地给他炒了一个鸡蛋。降曲一家是农耕藏民，以种植青稞、小麦、土豆为业，没有草场和牛羊，平时很少吃肉。家里经济窘困，买不起酥油，平时只能喝大叶粗茶，鸡蛋是最好的食物，只有节日或来客人时才能一饱口福。

母亲正在做饭，忽听外屋有响动，出去一看，降曲已经穿戴齐整，一副准备出门的样子，便问他是不是要去捡菌子。

进入夏季，松茸、大脚菇、鸡蛋菌等菌类就会在树林草丛里破土而出。这时，寨子里男女老少就会一起出动，到山里捡菌子。每天清晨，寨子里的人背上背篓，怀揣青稞饼，拖长嗓音相互招呼，一同去捡菌子。这是夏季里最快乐的日子，捡菌子，洗菌子，晒菌子，空气里飘荡着菌子的清香。降曲一家每年卖菌子能挣一千元左右，这是家里一笔可观的收入。每到这时，孩子们也能得到一点零花钱。

可是降曲说自己想回寺院，还是想当喇嘛。降曲是一个很有主见的孩子。

母亲没再说什么。原来，上次降曲走后，母亲为儿子的未来找人算了一卦。对方告诉她，只要降曲努力学习，就一定会成为一个有成就的人。眼下儿子虽然领了喇嘛服，也进入了寺院，但只能算见习喇嘛，三年后还将有一个双向选择，一要他自己愿意当喇嘛，二要上师认为他具备当喇嘛的资格，两者同时具备才能成为正式喇嘛。

母亲再一次把儿子送到大路旁。

降曲就这样在寺院待了一年，日子虽然清苦，但还是能忍受，因为学校里的考试与作业同样有压力。

春节时，两个姐姐从汉地返回寨子，一个在学话务员，一个在学

降曲和他的家人。左起依次为母亲、姨妈、作者、阿婆、降曲

护理。姐姐带回了外面世界的精彩故事，也带回了外面世界带给她们的明显变化。两个姐姐原来都很害羞、胆小，晚上去厕所时还经常央求弟弟陪同，有时甚至不得不塞给他一毛钱。如今，她们不但独自乘车、住旅馆，与寨子里的大人说话也落落大方，还教给父母许多卫生常识，诸如刷牙、修整厕所、烹煮食物等。

降曲家是寨子里孩子最多的家庭，也是最困难的家庭之一。过去，寨子里的人对孩子上学读书持冷漠态度，他们需要的是劳动力，而判断一个家庭富庶与否的标准，是房舍宽大与堂皇的程度。可现在，姐姐们一下成为寨子里有见识的人，整天都有人来家里询问打听，目光里流露着羡慕。降曲家陈旧的木楼一下拥挤热闹起来，父母虽然忙碌，但脸上都挂着扬眉吐气的喜色。接着，在外县上高中的哥哥也回来了。哥哥一向寡言，然而这次他明确向父母表态：不继承家业，要考到汉地读大学。

降曲也想到外面的世界去看看。姐姐说："那你应该回学校，以后考到汉地读书。"降曲第一次对自己当小喇嘛的想法产生了动摇。姐姐又说："如果你从汉地读书回来还想当喇嘛，就一定能当有文化的堪布，而不是只会念经的小喇嘛。"降曲被姐姐说动心了，终于脱下喇嘛服继续上学。寨子里的另外两个孩子见降曲离开，也跟着返回学校。他们也想像降曲一样到外面的世界去看看，哪怕有考试和作业的压力。

这次我去时，降曲和妈妈一早就等候在路旁。降曲一身运动服，担任妈妈的小翻译，又蹦又跳地带领我们进寨子。如今寨子干净整洁了许多，铺了水泥路，家家户户都用上了自来水，很多村民家屋顶覆上了"人"字形的红色彩钢瓦，可以避免冬季屋顶被大雪压垮。这些都是由政府补贴建起的。

我给了降曲一点零花钱，让他购买本子和铅笔。母亲要替他保存，他拒绝了。不是要用掉，而是要自己存起来。以往每年夏季捡菌子挣的钱，他都交给母亲代为保存。母亲只能记个大概的数目，降曲却能每一笔都清清楚楚记在心里，一毛钱的差错也要更正。降曲存钱有自己的打算，不过目前还是个不能告诉他人的秘密。

还有一只小马驹就是布姆曲。七年前，她与阿婆住在道孚县城边塔子坝一间无电灯、无自来水、无厕所，大约七八平方米，临时搭建的木屋里，为的是能在县城一所私立希望小学读书。这所希望小学只有三间四面透风的房子，连校长带老师共四人。因为不收学费，阿婆便将布姆曲从乡下带进城，送入这所学校，只希望她将来能认识一些字，不至于成为"睁眼瞎"，其他的就不敢奢望了。

为此，阿婆在塔子坝搭了一间屋，并在门外墙根下安了一块大石板，以便孙女做作业，还开了一小块地种菜，也是为在没有厕所的情况下找到一个方便之处。阿婆年纪大了，腿脚也不灵活，她只能为自己最疼爱的孙女做到这些。

然而，即使在这样的境况下，布姆曲也无法继续读书。她的母亲患有严重的胃病，身体每况愈下。父亲常年在外打工，两个弟弟尚小，姐姐也体弱多病。父母考虑来考虑去，还是决定让布姆曲辍学回家，这样既可以帮忙料理家务和农活，同时一起吃饭也能省下一笔开支。

就在此时，我在塔子坝与布姆曲相遇。我去看那尊高达五十多米的白塔时，她与五六个孩子一直跟在我后面，陪我上下几十米高的白塔，又一同陪我到灵雀寺。布姆曲的慧根和灵性让我十分喜欢，她与阿婆居住的窘况令我大为震惊。那时我并不知她家的详情，因为她阿婆只会一点点汉语。记得当时我只是给她一些水果糖和零钱就离开了。然而，回到家后，我心中一直记挂着此事，放不下这个孩子，于是给布姆曲的校长写了一封信并寄去钱，请他转告孩子父母，务必让孩子继续读书。

布姆曲因此得以留下来继续读书。因为入学晚，她十二岁还在上三年级，平时胆小自卑、寡言少语。然而从此以后，她发奋学习，三年后终于考入县中学。我每学期给她寄钱，其间几次去道孚看她，每次离开时她都抱着我大哭不止，在场的人无不动容。

布姆曲初三那年，一位年轻的援藏教师担任她的班主任。这位充满朝气的老师喜欢藏族歌曲和篮球，经常将《妈妈的羊皮袄》挂在嘴边，深得学生们的喜爱。开家长会时，他知道了布姆曲的读书经历，随后与我取得联系。感慨之余，他也给予了布姆曲更多的鼓励和帮助。

尊神白塔位于道孚县城东南面，是县城内最高的建筑物，高五十多米，是十世班禅大师生前选址并题名而建的。又名胜利白塔

布姆曲的妈妈不会讲汉语，只能对老师重复："不听话就打啊！"不少藏族家长也常常这样对老师说。在他们看来，要驱除牛场上的野性和散漫需要敲打，老师打孩子是天经地义的事，也是有责任感的表现。

女儿的成长让布姆曲的母亲感到欣慰和欢喜，她常对女儿说，要知恩图报，否则她不如养一头猪！

布姆曲中学毕业后，考上汉地一所五年制的职业技术学院。接到通知那天，她兴奋得尖叫起来，从楼上跳到楼下，一夜无法入睡。她是寨子里四十多户人家中第一个大学生，而且是一个女孩子——在藏地乡村，女子受教育的机会更少。乡亲们都纷纷向她赠送礼物表示祝贺，有的给三元，有的给五元，还有的赠送其他礼物。布姆曲一下成为全寨子的荣耀，离别时，很多人一同把她送到村口。

布姆曲考上大学这年，她的大弟弟考入甘孜县一所重点中学。而一年前，布姆曲的姐姐享受"9＋3"政策（初中毕业后免费到汉地上三年职业中学），已去汉地读书了。布姆曲兄弟姐妹的成长经历对寨子里的人们触动很大，大家忽然间觉得读书也是一件很体面的事，开始纷纷告诫自己的孩子要好好读书。

尼玛拉姆、降曲、布姆曲三个孩子，就像三只可爱的小马驹，正一天天茁壮成长。

龙灯草原的前世今生

　　离开布姆曲的家乡道孚县各卡乡加拉宗村，心里便开始惦记不远处的龙灯草原。每次路过龙灯草原，我都会驻足停留，回想第一次带女儿来这里的奇特经历，思念离世的母亲。

　　那是2002年的一天。我们路过龙灯草原，见一群牧民正在赛马，便停车过去观看。不一会女儿就喊头疼，我知道这是高山反应——当地海拔三千多米，于是让她坐到车里去休息。那一年女儿九岁，红扑扑的脸蛋，短短的蘑菇状发型，从装束到神情都有几分像男孩子。

　　女儿坐在前面的位置，打开车窗，不料引起一位藏族妇女的注意。她走过来，仔细打量女儿一番后走开，不一会又带了另一个妇女一同来看，两人嘀嘀咕咕议论一阵又离去，我只听懂一个词——"像、像！"

　　我和女儿都感到有些奇怪，还没有来得及多想，又见那两个妇女领着一个老喇嘛向我们走来。老喇嘛很清瘦，微驼，带一副金属边框的眼镜。他远远看了女儿一眼，便叽里咕噜说起话来，两个妇女在一边不断点头搭腔。可我和女儿一句也听不懂，不知他们在谈论什么。

　　老喇嘛径直走到车窗前，用手抚摸女儿的头顶，口中念念有词，接着又握着女儿的两只小手不断地讲话。

　　女儿摇摇头，表示自己不懂，老喇嘛并不在意，依旧顺着自己的思路说。隔了一会，女儿把一块饼递给了老喇嘛，老喇嘛笑了笑，顺手把饼塞进宽大的袖子里，然后摆摆手转身离去。那两个妇女也一同离开，不见了踪影。

　　我和女儿一头雾水，不知道是怎么回事。不过奇怪的是女儿头疼的症状很快就消失了。她走下车说想骑马，于是我雇了一匹马，带女儿在草地上慢慢走，走着走着，忽然看到位于峡谷中的燃灯寺。

燃灯寺

燃灯寺里既没有宏伟的建筑，也没有精美的塑像，一切都显得粗糙简陋，如同藏地乡间随处可见的小寺院。刚跨进大门，几个孩子稚嫩的读书声从一排平房的尽头传来，在空旷的院子里回荡。

我走过去，透过窗户，见几个孩子在一个老喇嘛的带领下大声朗诵经书。见有人来访，老喇嘛不知说了句什么，几个孩子便放下书，一阵风似的跑出来，争先恐后，叽叽喳喳嚷着要看我数码相机里的图像。光线很强，我不得不弯腰遮挡强光。孩子们都踮起脚，伸长脖子。

我注意到一个孩子一直在流鼻涕，弯腰时流得更厉害，旁边孩子一嘲笑，他就"呼"的一声吸进去，或者用袖子抹一下，最后看得忘乎所以，鼻子里竟拖出一条长龙，险些掉在照相机上。孩子们笑得更厉害，有的甚至夸张地前仰后合，刮脸捂鼻，让他十分难堪。

孩子们拿到我送的圆珠笔和糖果，兴奋不已。这时，我忽然发现房间的角落里还有一个孩子在旁若无人地读书，其他人的喧哗吵闹似乎与他无关。他六七岁的样子，看上去是这群孩子中年龄最小的一个，盘腿坐在地上，腿上放着一摞手工印制的藏文经书，每读完一页就拿起来轻轻放在一边。他安静淡定的神情与年龄很不相称，让我十分惊讶。

我走到他身边。他抬起一双明净的大眼睛，红扑扑的脸上带着微笑，没有半点扭捏和羞怯。我们语言不通，无法交谈，但我分明感到他完全明白我的心思。我将一支笔和几粒糖放在他手上，准备离开，他站起来向我挥手告别，那神态如同一个转世的小活佛，既秉承了上一世的智慧雍容，也不失这个年龄孩子的纯朴可爱。

离开燃灯寺，刚开车上路一会，忽听女儿喊道："妈妈，我看见外婆了！"我大吃一惊，左右望去，四周宽阔起伏的草原上空无一人。怎么可能？我母亲去世时女儿只有五岁，按理说记忆并不深。女儿继续说："外婆戴了一顶咖啡色的毛线帽子，穿一件与帽子颜色差不多的大衣。"这正是我母亲生前喜欢的装束，也是她离世时的打扮。

我打开车窗，希望看到女儿看到的那一幕，可是草原上绿色绵延，阳光把一缕缕浮动的光与影点缀在远处山巅和树林之间，任我如何定睛专注，都看不到母亲的身影。

我母亲在西藏支教多年，能讲一口流利的藏语，对藏地有深厚的情感。我想也许她的灵魂经常神游这里，也许是她的灵魂指引我们来到这里。佛家讲缘，从此我觉得自己与龙灯草原有一份说不清道不明的缘，每次路过龙灯草原都会不由自主驻足停留，心怀期待。

车转过一道山梁，龙灯草原出现在眼前。因为传说藏族史诗英雄格萨尔王曾在这里安营扎寨，故当地人称之为"龙灯格萨尔草原"。

龙灯草原坦荡如砥，一年随四季推移变换色彩，由黄到绿，由绿转黄，再由浅至深，渐次晕染。每逢夏季七八月，黄色、紫色、白色的小花竞相开放，铺满草原，一直延伸到目光的尽头。

远处草原上搭了几顶帐篷，帐篷周围聚了许多藏民。起初我以为是附近村民在一起玩耍，并没有多留意。待到珠姆措湖边拍完照片后，又看见三三两两身着绛红色僧衣的喇嘛也往那里聚集。我意识到可能是一个法会之类的活动。牧民请僧人讲佛法是农闲季节里常有的事。

这时，一个骑摩托车的牧民从身边经过，他身后搭了一个年轻喇嘛。我挥手请他们停下，打听是什么活动。喇嘛结结巴巴地说出几个不连贯的汉字："活佛，新龙的，转世。"

我一愣，忙问："是不是在认证转世活佛？"

龙灯草原上的珠姆措湖

他点点头。

我忙问被认证的人有几岁，是何方人氏。在藏地，认证转世活佛有非常繁复的宗教程序，也不是人人都能随意参与的公众性活动。这样的机缘十分难得，因此我很想去看看。可对方对我的提问连连摇头，憋了一会还是表达不出来。我知道再问下去也是徒劳，便直接问我是否可以去看看。这句话他听懂了，点头说可以，说罢一溜烟而去。

不久，一大一小两个喇嘛抱着大捆松树枝过来，在一个插满经幡的祭台上点燃，并不断把手中的风马旗抛向空中，口中念念有词。

我走过去，大喇嘛将手中的风马旗递给我一摞，我便学他的样子往空中抛撒。接着他又将一盘水果糖一一剥开，扔进燃起的松枝中。我见他戴着眼镜，想是有文化的人，必定会讲汉语，于是问他是否在认证转世活佛。哪知他也摇头表示听不懂。我不甘心，又问："可以过去看吗？"其实我心里已经决定要去，只是恐怕自己冒失，故而再次确认。他用汉语很肯定地说："可以。"我这才发现其实他汉语发音很标准，不是四川方言，而是普通话。

驱车过去，见有二三百名藏民围坐在帐篷附近的草地上，中间铺了一大块塑料布，上面堆满了花生、瓜子、水果糖。虽然不少小孩眼巴巴地打量着这些极具诱惑力的食物，但无人去碰一下，至多是含着指头在周围走走。

不远处，一个妇女正在一口直径近一米的平底锅中烹炒腊肉，肉很肥，一块块足有二指宽，这一锅肉少说有十多斤。锅底柴火正旺。她不时往锅里扔辣椒、花椒，油花四溅，旁边还有一大堆切好的上等牦牛肉，看上去足有二十斤。

我们大约是今天到场的人中唯一一群汉人，也是不请自来的不速之客。藏民们神情十分友好，虽然不会讲汉语，但都比比划划同我们打招呼。他们很乐意与我们合影，也任由我们拍照，尤其喜欢看数码相机回放的照片，不时发出开心的笑声。

我接连向几个人打听今天聚会的具体内容，可都因语言不通而无法交流。情急之下，我说了一句："我要见活佛！"说罢从包里取出一张纸币。在藏地，见活佛是要有所供奉的，这是当地的信仰和礼仪。这时一个男子拿了一条黄色哈达塞到我手里，指了指我手中的钱。我以为他是在向我出售哈达，便说我这是供奉活佛的，不是买哈达。对方忙说："就是让你拿去见活佛的。"我才明白自己误解了他的好意，抱歉地对他说谢谢。

这时一个喇嘛过来，带我走到一顶白色帐篷后面。不知他说了句什么，几个围在一起的喇嘛立刻散开，一张纯净、清秀，好像撒满朝

前来庆贺的藏民

阳光辉的脸露了出来。旁边有人用汉语介绍道："这是新龙活佛。"

他看上去二十岁光景，一双明净如水的眼睛里面荡漾着温暖的笑意，包含着与年龄不太相称的沉稳与从容。对忽然而至的陌生人的造访，他既不诧异，也不拘谨，纯真自然，举手投足间流露着与生俱来的亲和力，甚至略带几分女性的慈悲。我忽然想起几年前在燃灯寺里遇见的那位安静的小喇嘛。难道就是他？

我与他在草地上席地而坐。他略带歉意地说自己不会讲汉语。从断断续续的单词组合中，我大致弄明白了今天这场聚会的内容。

他叫勒努，本地人氏，今年二十二岁，七岁到燃灯寺出家，十一岁时被认证为新龙甲西寺的降阳木纳（音）活佛的转世，后来在白玉县亚青寺、色达喇荣五明佛学院等地学习佛法。明天将去启程去新龙甲西寺坐床，今天与家乡的亲人乡邻在此聚会，既是祝福，也是告别。

按时间推算，他不是我几年前在燃灯寺遇见的小喇嘛，但寺里那位老喇嘛，应该就是他的启蒙老师。

我们谈了将近一个小时，双方尽量选用最简单的词汇，有时不得不借助汉语拼音甚至肢体语言。谈话间，他的一个弟弟也凑了过来，气质却与他有天壤之别。尽管他剪了一个时尚的发型，身着流行式样的衬衫，但依然掩饰不了浑身上下的牛场娃气息。

勒努说弟弟没上过学，他对此十分惋惜。他很希望家乡的孩子能到汉地读书学习，成为有文化的人。分别时，我建议他抽时间学习汉语，这将使他眼界更开阔。勒努点头同意。

回到家的第四天早上，我忽然接到勒努的电话。他用不连贯的汉语告诉我，坐床结束了，他最近要来汉地学习汉语，并已找好老师。这显然是深思熟虑之后的决定。一个人愿意学习，愿意接受新生事物，就会不断有所收获。我从心底里为他高兴。

淳朴可爱的小喇嘛

一个月后，勒努在"小老师"的带领下，从新龙乘长途汽车几经辗转到了乐山——他称随身携带的一本藏汉小辞典为"我的小老师"。在乐山期间，他不放过任何一个学习汉语的机会。一天晚饭前，他见朋友的女儿在预习第二天的生物课，便向这位刚上初一的孩子请教。当学会了蚯蚓、蚂蚁、恐龙等词语后，他开心而又真诚地向孩子表示感谢。孩子兴奋得两眼放光，这是她第一次当成人的老师，而且对方还是一位活佛。

短短几天相处，我发现他十分聪颖，记忆力过人，许多词汇学一遍就牢牢记住，而且能举一反三。更重要的是，他身上那种纯洁无瑕、率真坦荡的天性，使身边每一个人都感到宁静和安详。他像一面清净的镜子，折射出周围每一个人的内心。

后来，借助藏汉辞典，我更深入地了解了他颇富传奇色彩的身世。

勒努出生在一个极为普通的牧民之家，是家里八个子女中的第五个，从小安静温和，不喜欢参加同龄孩子的嬉戏与顽皮，厌恶一切坏的行为，诸如打架、杀生等，乡邻都夸他是一个好孩子。他同藏地不少孩子一样，七岁时到附近的燃灯寺出家，诵读佛经，学习藏文。在他的童年记忆中，印象最深的是寺院旁珠姆措夏日里黄艳艳的花朵，与冬天里白茫茫的厚冰。

十一岁那年，一位空行母来到他的家乡，对他说："我前世与你有缘。"并让勒努的父母好好照顾他，称他是一位转世活佛。不久，空行母将勒努带到白玉县亚青寺拜见阿秋仁波切。阿秋对他说："你的前世是甲西寺降阳木纳大堪布，为了帮助众生而降生，所以现在要好好学习，不要彰显。"

那时降阳木纳已经离世四十三年。勒努明白了自己的使命，几天后又去了白玉县的安宗寺（音），跟随朱巴上师（音）学习佛法三年。十五岁时返回家乡，在依日神山（音）学习大圆满前行和五加行。一年后再次去亚青寺跟随阿秋仁波切学习，三年间收获巨大。

十九岁时，他按上师的指点来到色达喇荣五明佛学院，这里平均海拔在四千米以上，气候高寒，环境恶劣，然而却是藏地极有影响的佛学研究和修持中心，聚集了一大批有造诣的佛学者。勒努在此度过三年时光，直到要去甲西寺坐床正式成为一名活佛，才离开五明佛学院。我是在这时候与他在龙灯草原相遇的。

勒努最初出家的寺院属于宁玛派，在亚青寺学习的也是宁玛派经典。宁玛派是藏传佛教四大教派之一，在藏传佛教各派中历史最久，形成于公元十一世纪，与西藏本土宗教苯教有着密切的关系。相对于后出的其他三大教派，即噶举、萨迦、格鲁，宁玛是旧派。"宁玛"一词的意思为"古"或"旧"，"宁玛派"即"古派"或"旧宗派"。所谓古，是说它的教理是从公元八世纪传下来的，历史悠久；所谓旧，是说它的教义教规以古吐蕃的旧密咒为主。

现在，勒努坐床的甲西寺是一座萨迦派寺院。藏语"萨迦"一词的意思是"灰白色"，该派因祖寺萨迦寺土色灰白而得名。萨迦寺围墙上涂有红、白、黑三色条纹，红色象征文殊菩萨的智慧，白色象征观世音菩萨的慈悲，黑色象征金刚手菩萨的力量。因此，该教派的寺庙和教徒住房的外墙上，也常常涂有这三种颜色的条纹。

勒努为了学习汉语，再次上路前行。他要学习的东西还有很多。虽然他已离开乐山，但他却把龙灯草原的阳光与清香留在我的身边。

八美奇遇

到达八美，时间尚早，我们找了一家看上去干净一点的小饭馆坐下。我并不饿，只是想稍作停留，回味回味数年前在八美的两次惊险奇遇。只是原来吃过饭的餐馆已经改换门庭，物是人非，只好另找一家。

如今的八美增添了不少房舍，小镇的范围向外扩展了不少，而十年前，这里还是个很小的地方，号称"一根火柴走三转，一个喇叭响全城"。

我第一次到八美是2002年，那次造访纯属偶然。那年，我与先生及朋友夫妻分驾两辆车一同出游，离开丹巴美人谷后，原计划去塔公草原，不料雨后路况比我们想象的还差，才走到半途，夜色就笼罩了大地。

沿途山势险峻，道路曲折，左右不见一户人家。汽车转过几个弯，风声大作，飞沙走石，远处山谷中一阵阵地闪着光亮。我正奇怪那是什么光，忽然后面一辆三菱越野车呼啸着冲到前面，车顶上闪着警灯，车上人挥手示意我们停下。

两名警察走近，让我们出示证件。在看了我先生的工作证后，对方态度温和了许多，叮嘱我们不要赶夜路，说这里的治安情况不太好，建议我们赶紧到离这最近的八美镇住下。说罢登车呼啸而去，很快消失在茫茫黑夜里，无影无踪。

我们开车继续前行，不久电闪雷鸣，山雨袭来，我终于明白刚才看到的光亮正是山中雷电。此时闪电耀眼刺目，雷声震耳欲聋，仿佛在头顶炸开，惊得人毛发倒竖，不寒而栗。瓢泼大雨裹着浓浓的泥浆，铺天盖地倾泻而来，噼里啪啦地打在挡风玻璃上。雨刮以最快的速度左右摇摆，也难以清理掉挡风玻璃上浑浊的雨水，让人很难看清路面。好不容易冒险冲过这个山头，雨也小了很多，正在庆幸，不想朋友那辆车却爆胎了，大家只好停下。

下车一看，四周地形让人心生害怕：一边是直插夜空、面目狰狞的山峰，一边是望不到底的峡谷，水流奔腾，空谷传响。

朋友挣扎着把车向前挪了一段，停下来换胎。哪知换完轮胎走了没多远，又发现排气管出了问题，大家不得不又停下来，一阵忙碌。

这里的地势更让人不安：路边乱石嶙峋，石头下边是一道深沟，很像打仗用的战壕。沟那边是松林密布的山峦，里面仿佛能埋伏下千军万马，一旦冲锋下山，公路上的人简直就是砧板上的鱼肉，无半点招架之力。

我们又冷又饿，心急如焚，朋友的妻子甚至把钱拿出来放在外衣口袋里，说一旦遇到劫匪就舍财保命。

正在这时，忽听远处隐隐传来一阵响声，我以为有汽车来，不由一阵欣喜，翘首以盼。但过了半晌，却不见一丝灯光，最初的喜悦渐渐淡去，恐惧慢慢爬上心头。

又过了一阵，一个黑乎乎的庞然大物从后面爬过来，我看清楚是一辆面包车。但危险的感觉比刚才更加强烈，因为他们在黑夜里行驶居然不开车灯。他们是什么人？是警察，还是匪徒？正在紧张，面包车已经靠近，并减缓速度。车里火光一闪，一个大胡子男人点燃香烟，停下车，半开窗户，问道："你们在干什么？"得知是我们的车出了故障，对方似乎松了一口气，说了声"你们慢慢修"，就一踩油门离去，依旧不开车灯，车窗也关得严严实实，完全无法知道车里装了些什么，有几个人。不久，一辆大货车亮着灯驶来，超负荷的运载使发动机发出沉重的喘息，整个路基都在微微颤抖。

我不知道遇到的是些什么人，但这么晚还在荒山野岭中行驶，实在让人感到可疑和不安。

到达八美镇大约九点多钟，到处关门闭户，黑灯瞎火，不见一个行人。好容易看见一家小饭馆半掩着门，透出一缕灯光，推门进去，却只见两个男人一边喝茶一边看电视，告诉我们早已打烊，没关门是因为在等朋友。

此时我们饿得前胸贴后背，只得请他们帮个忙，快弄些饭菜来对付对付就好。为了早些将饭菜吃到嘴里，我们一齐动手帮忙，洗菜、摆碗、掌勺。交谈中得知他们是兄弟俩，从遂宁来此开店已有几年。

我刚将第一份炒好的生姜肉丝端上桌，只听一声门响，三个身着迷彩服的男子挟风带雨，大踏步走进来，高声道："老板，后面的人马上就到，赶快准备饭菜！"

我又从厨房端菜出去，却见一个胖墩墩的年轻男子坐在我们摆好碗筷的桌旁，旁若无人地大嚼我先端出去的那份生姜肉丝。他什么时候进来的，我全然不知。我过去问他是不是弄错了，他不理不睬。倒是第一个进门的迷彩服汉子见状，上前制止他道："咳，你咋吃别人的东西？"年轻男子依旧埋头大嚼，仿佛没听到一般。迷彩服汉子对我瘪了瘪嘴，然后用食指点了一下自己的太阳穴，小声说："对不起，他这里有点问题。"

这时门外涌进十多个人。最后进来的，是一个瘦削的女子，一身男人装束，神情冷峻孤傲，嘴里叼着一支香烟。

突然，我的朋友惊喜地大叫一声。原来，这群人里领头的正是他的熟人罗罗。罗罗酷爱越野探险，组织了一个户外越野俱乐部。朋友曾参与他组织的探险队，一同从云南出发，穿越梅里雪山，进入稻城亚丁登雪山。

谁也没想到在这穷乡僻壤的寒冷夜晚竟然遇到故旧，大家都十分高兴。谈话间方知那冷峻女子是个外冷内热的豪爽人，经常到高原越野探险，经验丰富。抢吃我们生姜肉丝的男子也凑过来聊天——他精神其实正常得很，刚才不过是饥饿难耐，装疯卖傻罢了。大家听了，不由哈哈大笑。

罗罗这一次是带队穿越川藏北线，一路翻雀儿山，渡金沙江，经昌都去拉萨。因为他不时往返八美，故与这家饭店老板相识，老板今天正是在等他们。罗罗匆匆吃完饭，一行即与我们告别上路，他们已在前方一个山谷选好宿营的地方。临别时，罗罗告诫我们要小心，夜里千万别到镇上晃荡。

罗罗的人马一离开，小镇立刻恢复冷清。我们不得不赶快找旅店。夜更深了，街上愈加冷寂无声，寒风穿过幢幢黑影呼啸而来。间或一两声狗叫在空中回荡一圈，立即被风带到很遥远的地方。

我们敲响一家隐隐有灯光的旅店的大门。半晌，店主睡眼惺忪，披着衣服来开门。一股夹杂着酒味、酥油味以及不知是什么臭味的奇怪味道扑面而来。我忍了一下，说要住店，但想先看看房间。老板打了一个长长的哈欠，懒洋洋地指着狭窄的楼梯说：“你自己上去看嘛，每人五元钱。”说罢兀自抽烟，不再搭理。

油迹斑斑的旧木楼梯踏上去嘎吱作响。楼道里昏暗不清，亮着一盏大约三瓦左右的黄灯，映得四周模糊不清，黑影摇晃，如同通向幽间冥府的鬼路。上楼转过一个弯，我看见左右各有三间客房，右边房门全关闭，左边一溜半掩着门。

我推开左边当中一间。里面狭小肮脏，邋遢不堪，弥漫着浓重的脚臭和霉味。两张黑不溜秋的床上被子都没叠，胡乱皱成一堆。地上残留着一摊污浊的水迹。这里根本无法住宿，我转过身正要下楼，却惊得险些叫出声来——只见左边第一间房门开一缝，一个男人睁着一双阴森可怕的眼睛在偷窥。见被我发现，他身子向后挪了一下，两眼仍不怀好意地注视着我。挪动间，我瞥见他衣袍齐整，并非就寝之相，更感到怪异可疑，吓得一溜烟跑下楼去。

我们只好返回刚才那家小饭馆，请兄弟二人帮忙安排我们住下。兄弟俩商量了一会，说只能打地铺，每人收费十元。我们点头同意，一同把桌凳挪开，打扫一番。兄弟俩从自己卧室里抱出干净被褥，

八美草原上的藏民

八美草原上，一户藏民正在享受温暖的阳光

又找来塑料布铺在地上。这一晚，我们心有余悸，和衣躺下，难以入睡。

第二天一早，哒哒的马蹄声传来，不绝于耳。我推门出去，只见阳光灿烂，天空湛蓝，空气清新，远处雪山晶莹闪亮，昨夜的阴霾一扫而光，简直怀疑是自己做了一场噩梦。马帮接二连三经过，壮实的康巴汉子坐在马鞍上，摇摇摆摆，一队队络绎不绝。领头的多是皮袍加身、长发齐肩的黑脸壮汉，腰间佩长刀匕首，剽悍粗犷，威武有力，看上去就像美国西部片中的牛仔。当你举起照相机对准他们时，他们大多数会嘿嘿一笑，甚至摆一个姿势，友好地配合拍照。

不久，街上出现一群群赶集的牧民，他们或骑马、赶牦牛，或乘拖拉机、骑摩托车，陆续而来，人群中夹杂着不少身着绛红色僧衣的喇嘛。一打听，附近就是有名的惠远寺，这让我有些意外。

惠远寺是甘孜州唯一由清朝皇帝钦定修建的寺庙，康熙皇帝赐名

"泰宁"，所以史书往往称之为"泰宁惠远寺"。雍正皇帝即位之初，准噶尔部首领噶尔丹策零起兵叛乱，窜扰西藏，清廷恐其劫持达赖，遂迎七世达赖到惠远寺安置。七世达赖在此居住了七年，直到准噶尔罢兵请和，果亲王允礼奉诏至惠远寺护送七世达赖返回西藏。允礼是康熙皇帝的第七子，颇有文采，后撰有《西藏志》一书传世。

此行八美，有惊无险，大家愉快返程。两年后，我又一次路过八美，没想到再一次遇到麻烦。

那天，我们从丹巴过来，一路顺利。眼见离八美不远了，心情十分轻松，开始尽情欣赏山川美景，想弥补上次夜行的遗憾。正在得意忘形之时，路边松林里突然窜出三四个年轻男人，站在路中央挥手拦车。我的心一紧，想这必定是遇到麻烦了，横下一条心叫司机冲过去。可这时路边沟里又冒出十多人，堵在路上，不让我们通行。这架势实在太像拦路打劫的土匪，让全车人都紧张起来。

我正想叫司机掉头，尽快逃离，但说时迟，那时快，我们的车已被那群人团团围住，不能动弹。车上的人都倒吸一口冷气。正不知如何是好，一位白发苍苍的老婆婆伛偻着背挤上前来，双手合十，不停地弯腰作揖，没牙的嘴念念有词。我的心稍稍安稳了一点，觉得她那副模样不像是打劫的土匪，但我依旧不敢掉以轻心，叫司机不要熄火，所有人不得开窗，然后鼓起勇气走下车。

我一下车，立即被这群人紧紧围住。一个男子开口问我：是干什么工作的？从哪里来？要到哪里去？在得知我的身份后，他忙不迭地告诉我，他们的神山雅拉雪山遭到破坏，有人在山中放炮开矿。我大致明白了他们的意思，便劝阻道："这样阻拦过往车辆解决不了问题，最好向村、乡、县各级政府反映，以便妥善处理。"那男子着急，只顾说"没用"，其他人也七嘴八舌，喋喋不休，生怕有什么遗漏，没能将事情说个明白。我于是答应帮他们反映问题，他们一阵称谢，然后让开路，放我们通行。我长长地舒了一口气，却感到心里有种说不出的难过。

不久，我们到达八美镇。镇上有不少身着迷彩服的军人。此时早过了午饭时间，大家都饥肠辘辘。我们在镇上一家餐馆门口停下，想吃完饭以后再上路去道孚县。不料我刚走近门口，门内一下闪出两名军人，制止我进入。我吓了一跳，脱口而出："干什么？"两人大概不知该如何回答，没有说话。随即一个身着便装的男人出来，似乎是领头的，满脸通红，用不太友好的眼神打量了我一下，然后公事公办地询问我的身份、职业、来此的目的。最后，他以不容商议的口气告诉我，必须立刻离开镇子。我只得答应买几袋饼干充饥就走，他也不再多说什么，转身推门进去，拿起对讲机不停地讲话。

我们掉转车头，寻找商店买饼干。上次去过的兄弟饭店已经易主，改卖小百货。走到小镇尽头，还是没能找到吃的，正在万分失望之时，突然看见两辆停着的大货车后露出半截饭店的招牌，不由一阵欣喜。走过去，只见一个中年妇女戴着帽子坐在巨大的太阳伞下打盹，两条腿高高地架在另一把椅子的椅背上，身后饭店的门敞开着，店里空无一人，苍蝇肆无忌惮地飞来飞去。

听到声响，那妇女睁开眼，见是一群人来吃饭，顿时瞌睡全无，满脸放光，一个鲤鱼打挺从椅子上跳起来，扯起嗓子对屋里吆喝道："不要打牌了！来客了！"

一番寒暄后，我知道了她是饭店的老板，她老公是掌勺的厨师，夫妻俩从邛崃乡下来此开店。点完菜，老板娘把菜单送到厨房，就过来凑热闹。她大约寂寞了太久，很乐意与客人聊天。

老板娘身材瘦削，皮肤白净，略有几分姿色。听到我夸奖她，先是得意，接着又叹气，说自己原来更白，现在已被这里灼人的阳光晒黑了不少。"若不是天天戴帽子，恐怕早变成黑牛屎！"我问她镇上是怎么回事，她满不在乎地说："这不算啥子，半年前倒是有一点紧张，抓了些捣乱的人。"

我问她害怕不，她一叉腰，挺起胸脯，露出孙二娘般的泼辣样，粗声粗气地说："怕个锤子！老子又没惹哪个，他们拿老子尿法！"

见她如此豪气，我们不由得大笑起来。老板娘见状，更来了兴致，滔滔不绝地讲起雅拉雪山开矿，当地村民闹事的来龙去脉，说得张飞杀岳飞，杀得满天飞，颇有些驴唇不对马嘴的味道。我想，在她嘴里，很多事情恐怕是从耳闻变成目睹，目睹又变成亲历的吧。她开着饭店，摆开八仙桌，招待十六方。听人讲又不断转述给来客，次数多了，难免渐渐添油加醋，充满臆想和夸张的成分。不过，多亏她绘声绘色、连比带划的讲述，大家的情绪放松了许多，都觉得饭菜特别美味可口。

分别时，老板娘送司机两包烟，又赠我两瓶橙汁饮料，热情地招呼我返回时再来此吃饭，末了还给我打气鼓劲："不要虚火（四川方言，意为"泄气"），这世上饿死胆小的，胀死胆大的，怕个锤子！"

八美的山川景色、风土人情，既苍凉又神秘，还带着浓浓的世俗味，因此，即使道路崎岖，山川阻隔，亦不乏前来问津的各类旅人。

追忆过去，种种奇遇令人莞尔。

这一次，我已经记不得是几进八美了。

我坐在小店里，一只手拿筷子吃酸辣粉，另一只手不断挥舞，驱赶在身边盘旋飞舞的苍蝇。老板是位中年妇女，也来自邛崃，说准备过了十月就返回家乡，因为这里冬天寒冷，更主要的是生意清淡。说话时，她头靠在墙上，一副没精打采的样子，全无七年前她那位同乡粗豪泼辣的神气。不过，她家面条和酸辣粉的味道，倒是很让人提神。

离开了小饭馆，走在街上，阳光炽烈，晃得我睁不开眼睛，空气中弥漫着飞扬的尘土。当年在这里的奇遇，好像已如风一样飘逝而去，然而，记忆的种子却没被吹走，一直埋在心里。

磨西往事

藏地之行，最后一站是甘孜藏族自治州泸定县辖下的磨西古镇。

我曾多次到过磨西。最初，"磨西"这个名字总让我联想起摩西——犹太教的创始人，带领在埃及过着奴隶生活的希伯来人，走到神所预备的流着奶和蜜地方——迦南（巴勒斯坦的古地名，在今天约旦河与死海的西岸一带），并写下《十诫》让他的子民遵守。

后来我才弄明白，"磨西"为古羌语，意为"宝地"。不过，此磨西与彼摩西虽然相隔十万八千里，却因为一个教堂而似乎产生了某种遥远而缥缈的关联。

清朝末年，天主教传入泸定县一带。当地教徒引水灌溉，垦辟稻田，人口日增，教会趁机购地建教堂，在周边扩展势力。磨西天主教堂就是在这时建成的，它后来一度成为天主教在以佛教信仰为主体的藏地传播并与当地信仰发生冲突的历史见证。

这座哥特式教堂是一位法国传教士修建的。当时法国的一位裴（音）神父在丹巴传教，与当地人发生纠纷被杀。法国领事馆闻报后大怒，扬言要出兵干预。清廷怕这宗"教案"再次招致八国联军进京那样的祸事，遂赶紧处置了"凶手"，并赔偿裴氏家属两千两白银。不久，裴神父的弟弟接替了哥哥的职位，带上用哥哥性命换来的两千两银子，辗转来到磨西，并在当地一名吴姓地主的帮助下安顿下来，一边传教，一边用这笔钱修建了这座天主教堂。他被当地人称为"小裴神父"，能讲一口流利的汉语。据说，1935年红军长征到达此地时，小裴神父还为毛泽东做了一顿中国化的法餐。不过，当时警卫人

磨西天主教堂

员担心他向国民党通风报信，饭后就将他禁闭起来，直到红军攻下泸定桥后才释放。

下午，在纷飞的细雨中，我去了磨西天主教堂。一般游人很少光顾这里，教堂里空荡荡的，甚至没开灯。

一位七十九岁的老教友在帮忙照看教堂。老人姓姚，巴塘人，身体硬朗，十分健谈。其父是清末川滇边务大臣赵尔丰的部下，汉人，随军入藏，在巴塘戍边屯垦，娶当地藏族女子为妻，生下两个儿子。姚大爷曾参加十八军，转业后在巴塘林业部门工作，退休后随儿子到泸定定居，闲暇时常来教堂做义工，不取一分钱财。据他讲，现在磨西约有四百多名教友，属乐山教区管辖，主教姓雷，如今磨西的神父也来自乐山。

得知我刚去过巴塘，姚大爷不由讲起儿时的往事。一次，巴塘发生骚乱，父亲担心自己和孩子们遭遇不测，带着他与哥哥连夜向康定逃难，当时巴塘距离康定有十八个马站，翻山越岭，道路艰险，也没有吃的，一家人形同乞丐。途中他们躲在一处废弃的牛圈里，亲眼看见一个人被抓住，给活活剥了皮。至今，说起这件事，他还连连称"骇人得很！"而我则毛骨悚然，头皮发麻，周身寒彻。姚大爷经历过动荡，因此痛恨骚乱。最后，他有些得意地告诉我彝话、藏话、汉话他都听得懂，只要发现有异常情况就报警；他有一个孩子就是警察。

如今教堂修缮一新，当年神父居住的地方基本保留了原貌。这座教堂在中国工农红军生死存亡关头发挥了重要的作用，在历史上留下浓墨重彩的一笔，著名的磨西会议就是在这座教堂里召开的。

1935年5月29日，红一方面军及中共中央军委机关到达磨西。当晚，在教堂二楼西侧神父居住的房间里，毛泽东、周恩来、张闻天、王稼祥、秦邦宪、陈云、邓小平等中央领导同志召开了会议，做出了

磨西天主教堂。1935年红军在这里召开著名的磨西会议，决定渡过大渡河向北转移

飞夺泸定桥、强渡大渡河的决定。

泸定桥建于清康熙年间，当时，今泸定县一带属明正土司管辖，彝、藏、羌、汉等族杂居。康熙四十年（公元1701年），在平定西炉之乱后，康熙皇帝出于军事以及藏汉贸易的需要考虑，下旨修建泸定铁索桥。四川巡抚能泰、提督岳升龙奉旨筹建，因西炉之乱时川西全境动荡，唯有安乐（藏语称"阿垄"）一地安然无恙，故以其地吉祥、水势平稳而在此选址建桥，称"安乐坝"。五年后，即公元1706年，铁桥竣工，康熙皇帝赐名并亲题"泸定桥"三个大字，意谓骚乱已平，泸河永定。大渡河旧称"沫水"，康熙误以为是"泸水"，"泸定"之名由此而来。泸定桥建成以前，由四川雅州等地入藏，须从沈村、紫牛、烹坝三处渡过大渡河，称为"泸河三要津"。桥成以后，舟渡渐衰，泸定桥成为连接大渡河两岸最为关键的要冲。

泸定桥结构很特殊，桥身由十三根碗口粗的铁链组成，其中底链九根，扶手四根。每根铁链以铁环相扣，均用熟铁锻造，总重二十一吨左右。桥长三十一丈一尺，宽九尺，铺以木板，螺钉固定。桥台全用条石砌就，形如碉堡，下设落井，用生铁铸成的地龙桩与卧龙桩锚固铁链。虽然坚固，但每遇暴风震撼，铁链摇荡，极易折断，故桥建成后就有五年一大修、三年一小修的定制，以后延续不断。七十多年以前，大渡河上还没有电站，水势凶猛，涛声震天，铁桥左右摇晃，人在有固定木板的桥面上行走也需要小心翼翼。

1935年5月30日，由杨成武率领的红一方面军先遣团成功夺取泸定桥，打破了蒋介石"红军将如当年石达开一样兵败大渡河"的预言。这场战斗的指挥部就设在磨西天主教堂内。

离开教堂后，我转到老街上。街边古朴的木屋连成一排，路面铺着青青的石板。自海螺沟、燕子沟冰川开发为大众旅游景点以来，磨西逐渐变成喧嚣嘈杂的旅游集镇，磨西老街只余很少一点。

残留的磨西老街

走着走着，只见一间光线昏暗的屋里，一对年龄很大的夫妇正在吃晚饭，门口摆放着天麻、贝母等几样中药，却并不招揽生意。上前问讯，精神矍铄的大爷起身答话。令我们吃惊的是，老人已经九十六岁高龄，老伴也已八十九岁。

老人姓刘，原是一位医生，擅长红伤外科，民国时期，曾被西康省主席刘文辉从泸定调到西康省医院。如今，他卖药并不指望赚钱，只是想找点事做而已。

他是个好客的人，请我们到屋里坐，还热情地从蒸笼里拿出一个玉米粑让我吃。他老伴在一旁插言道："那时说起兵就害怕，其实红军很文明，不吃人的。"老太太口气很淡定，说话时并不抬头，只管仔细地用缺少牙齿的嘴咀嚼玉米粑，还不忘一个劲地劝我吃。二老年纪大了，手推石磨做一次玉米粑不易，享受自己的劳动成果是一件愉快的事，与人分享同样快乐。

夜色中的泸定桥

后 记

完成了全书的写作，我仍然沉浸在关于藏地的回忆里。那广阔的草原、连绵的雪山、宁静的湖泊，那飘扬于蓝天白云之下的五彩经幡，在耀眼的阳光下熠熠生辉的转经筒，那些居住在雪域高原上的可敬的、可爱的、可亲的人们，在我的脑海里久久萦绕。毫无疑问，我与藏地的种种缘分，还远未至言尽之时。

一天，我忽然接到温玉成教授的电话，他刚带领考古队从藏地返回北京。电话里，温教授欣喜地告诉我，这一次，他获得了一个也许是他一生中最重大的考古发现，是关于一代天骄成吉思汗陵墓下落的，只是因为目前有些特殊情况，暂时不能对外公布。我向他表示祝贺，并感到由衷的高兴，因为这是七百年来无数人为之耗尽移山心力而未能遂愿的事！

温玉成教授今年七十二岁，退休前为龙门石窟研究所所长，是我国著名的佛教考古专家，兼任郑州大学、武汉大学、山东大学、四川大学、中央民族大学、台南大学等十多所大学的特聘教授，出版了十多部专著。近年来，他一直致力青藏高原地区文化、宗教等方面的考古研究工作，曾在青海玉树巴塘乡勒巴沟等地发现了藏族地区最早的摩崖石刻佛教造像。

结束通话，我在高兴之余，又对始终罩着神秘面纱的藏地重新燃起了探究的热情。藏地的崇山峻岭中究竟还埋藏着多少不为人知的秘密？谁也不知道。一条茶马古道，就没人说得清；一个古格遗址，就费尽了无数人的心血；一首格萨尔长诗，就让人传唱了千年之久……而藏地还有无数的山、无数的湖、无数的遗迹，这其中还有多少故事？真是无法想象！

　　这就是藏地，这样无限，这样多彩，这样神奇隐秘，值得更多的人去探寻，去发现，去感受，去领悟。

2011年11月28日